정지용 작품집

장수산(외)

정지용 지음 / 이숭원 책임편집

 범우

1. 이 책은 정지용의 시와 산문을 발표 당시의 원전에 바탕을 두고 교열하여 현대 맞춤법에 맞게 표기한 정본定本 정지용 작품집이다.

2. 시는 《정지용시집》에 실린 작품 전편과 《백록담》에 실린 작품 전편을 수록하고, 시집에 게재되지 않은 작품 전부를 수록하였다.

3. 산문은 《정지용시집》과 《백록담》의 끝부분에 실린 수필류의 글과 해방 후의 산문 한 편을 수록하였으며, 〈시의 옹호〉를 위시한 시론 4편과 《문장》지 시선후평 전부를 수록하여 정지용의 시적 지향을 한눈에 파악할 수 있게 했다.

4. 시에 사용된 한자는 지금의 어법과 크게 어긋나지 않는 이상 원전 그대로 표기하되, 잘못 쓰인 한자는 맞게 바꾸어 적었으며, 산문은 한글 위주로 표기하되, 문맥의 뜻을 파악하는 데 도움이 될 만한 한자는 원전대로 살려 적었다.

5. 방언은 시인이 의도적으로 선택하였거나 시인이 애용한 시어의 경우에는 원전 그대로 표기하고 주에서 그 말에 해당하는 표준어를 밝혔으며, 표준어로 바꾸어도 어감의 차이가 없는 것은 표준어로 바꾸어 적었다.

6. 정지용의 작품을 이렇게 읽기 쉬운 현대어로 바꾸어 놓으니 그의 작품을 읽는 색다른 묘미를 느끼게 된다. 시집에 수록되지 않아서 낯설게 느껴지던 〈우리나라 여인들은〉이나 〈승리자 김안드레아〉 같은 작품도 현대어 정본에서 오히려 언어의 유동성과 시의 함축적 의미가 더 잘 드러나는 것 같다. 단편적으로 대하던 《문장》지 시선후평도 한꺼번에 읽게 되니 정지용의 시정신이 더욱 빛을 발하며 눈앞에 다가서는 듯하다.

7. 이 작품집이 대중들에게 친숙하게 다가가 정지용 시의 맛과 멋을 온 누리에 퍼뜨리는 계기가 되기를 바랄 뿐이다.

정지용 편 | 차례

《정지용시집》 수록시

바다 1

고래가 이제 횡단橫斷한 뒤
해협海峽이 천막天幕처럼 퍼덕이오.

……흰 물결 피어오르는 아래로 바둑돌 자꾸 자꾸 내려가고,

은銀방울 날리듯 떠오르는 바다종달새……

한나절 노려보오 훔켜잡아 고 빨간 살 뺏으려고.

　　　　※

미역 잎새 향기한 바위틈에
진달래꽃빛 조개가 햇살 쪼이고,

청제비 제 날개에 미끄러져 도—네
유리판 같은 하늘에.
바다는— 속속 들이 보이오.
청댓잎처럼 푸른
바다
봄

　　　　※

꽃봉오리 줄등 켜듯 한
조그만 산으로―하고 있을까요.

소나무 대나무
다옥한* 수풀로―하고 있을까요.

노랑 검정 알롱달롱한
블랭킷** 두르고 쪼그린 호랑이로―하고 있을까요.

당신은 '이러한 풍경風景'을 데불고***
흰 연기 같은
바다
멀리 멀리 항해航海합쇼.

_____

* 다보록한, 무성한.
** 담요라는 뜻의 영어 blanket.
*** '데리고'의 방언.

바다2

바다는 뿔뿔이
달아나려고 했다.

푸른 도마뱀 떼같이
재재발렀다.[*]

꼬리가 이루
잡히지 않았다.

흰 발톱에 찢긴
산호珊瑚보다 붉고 슬픈 생채기!

가까스로 몰아다 붙이고
변죽을 둘러 손질하여 물기를 시쳤다.[**]

이 앨쓴 해도海圖에[***]
손을 씻고 떼었다.

찰찰 넘치도록

---

[*] 매우 날렵하게 움직이는 모양.
[**] '씻었다'의 방언.
[***] 애를 써서 만든 바다 그림.

돌돌 구르도록

회동그라니 받쳐 들었다!
지구地球는 연잎인 양 오므라들고…… 펴고……

비로봉

백화白樺수풀 앙당한 속에
계절季節이 쪼그리고 있다.

이곳은 육체肉體 없는 요적寥寂한 향연장饗宴場
이마에 스며드는 향료香料로운* 자양滋養!

해발海拔 오천五千 피트 권운층卷雲層 위에
그싯는** 성냥불!

동해東海는 푸른 삽화揷畵처럼 옴직 않고
누리*** 알이 참벌처럼 옮겨 간다.

연정戀情은 그림자마저 벗자
산드랗게**** 얼어라! 귀뚜라미처럼.

---

* 향기로운.
** '긋는' 의 방언으로 정지용이 즐겨 사용하는 시어다.
*** 우박.
**** 싸느랗게, 그러면서도 맵시있게.

홍역

석탄石炭 속에서 피어나오는
태고연太古然히 아름다운 불을 둘러
십이월 밤이 고요히 물러앉다.

유리琉璃도 빛나지 않고
창장窓帳도 깊이 내리운 대로—
문門에 열쇠가 끼인 대로—

눈보라는 꿀벌 떼처럼
잉잉거리고 설레는데,
어느 마을에서는 홍역紅疫이 척촉躑躅처럼* 난만爛漫하다.

---

* '척촉' 은 '철쭉' 의 한자어.

비극

'비극' 悲劇의 흰 얼굴을 뵌 적이 있느냐?

그 손님의 얼굴은 실로 미美하니라.

검은 옷에 가리어 오는 이 고귀高貴한 심방尋訪에 사람들은 부질없이 당황唐慌
한다.

실상 그가 남기고 간 자취가 얼마나 향기롭기에

오랜 후일後日에야 평화平和와 슬픔과 사랑의 선물을 두고 간 줄을 알았다.

그의 발 옮김이 또한 표범의 뒤를 따르듯 조심스럽기에

가리어 듣는 귀가 오직 그의 노크를 안다.

묵墨이 말라 시詩가 써지지 아니하는 이 밤에도

나는 맞이할 예비가 있다.

일찍이 나의 딸 하나와 아들 하나를 드린 일이 있기에

혹은 이 밤에 그가 예의禮儀를 갖추지 않고 올 양이면

문밖에서 가벼이 사양하겠다!

시계를 죽임

한밤에 벽시계壁時計는 불길不吉한 탁목조啄木鳥!
나의 뇌수腦髓를 미신[*] 바늘처럼 쪼다.

일어나 쫑알거리는 '시간時間'을 비틀어 죽이다.
잔인殘忍한 손아귀에 감기는 가냘픈 모가지여!

오늘은 열 시간 일하였노라.
피로疲勞한 이지理智는 그대로 치차齒車를 돌리다.

나의 생활生活은 일절 분노憤怒를 잊었노라.
유리琉璃 안에 설레는 검은 곰인 양 하품하다.

꿈과 같은 이야기는 꿈에도 아니하련다.
필요必要하다면 눈물도 제조製造할 뿐!

어쨌든 정각定刻에 꼭 수면睡眠하는 것이
고상高尙한 무표정無表情이요 한 취미趣味로 하노라!

명일明日!(일자日字가 아니어도 좋은 영원永遠한 혼례婚禮!)^{**}
소리 없이 옮겨가는 나의 백금白金 체펠린의 유유悠悠한 야간항로夜間航路여!^{***}

---

 [*] 재봉틀을 영어 machine의 음을 따서 미신이라고 불렀다.
 ^{**} 어느 날로 확정할 수 없는 영원한 시간의 흐름을 나타낸다.
 ^{***} 체펠린은 비행선을 뜻한다. 시계가 멈춘 후에도 쉬지 않고 진행하는 시간의 움직임을 신비롭게 표현하
   였다.

아침

프로펠러 소리…………
선연鮮姸한* 커브를 돌아나갔다.

쾌청快晴! 짙푸른 유월六月 도시都市는 한 층계層階 더 자랐다.

나는 어깨를 고르다.
하품……목을 뽑다.
붉은 수탉 모양 하고
피어오르는 분수噴水를 물었다…… 뿜었다……
햇살이 함빡 백공작白孔雀의 꼬리를 폈다.

수련睡蓮이 화판花瓣을 폈다.
오므라졌던 잎새. 잎새. 잎새.
방울 방울 수은水銀을 받쳤다.
아아 유방乳房처럼 솟아오른 수면水面!
바람이 구르고** 거위***가 미끄러지고 하늘이 돈다.

좋은 아침—
나는 탐하듯이 호흡呼吸하다.
때는 구김살 없는 흰 돛을 달다.

---

* 산뜻하고 아름다운.
** 원문에는 '굴고'라는 방언이 사용되었다.
*** 원문에는 '게우'라는 방언이 사용되었다.

바람

바람 속에 장미薔薇가 숨고
바람 속에 불이 깃들다.

바람에 별과 바다가 씻기우고
푸른 멧부리와 나래가 솟다.

바람은 음악音樂의 호수湖水.
바람은 좋은 알리움*!

오롯한 사랑과 진리眞理가 바람에 옥좌玉座를 고이고
커다란 하나와 영원永遠이 퍼고 날다.

---

* '알림' 이 표기법에 맞는 말이다. 바람은 좋은 소식을 미리 알려준다는 뜻이다.

유리창 1

유리琉璃에 차고 슬픈 것이 어른거린다.
열없이* 붙어 서서 입김을 흐리우니
길들은 양 언 날개를 파닥거린다.
지우고 보고 지우고 보아도
새까만 밤이 밀려나가고 밀려와 부딪치고,
물 먹은 별이, 반짝, 보석寶石처럼 박힌다.
밤에 홀로 유리를 닦는 것은
외로운 황홀한 심사이어니,
고운 폐혈관肺血管이 찢어진 채로
아아, 너는 산山ㅅ새처럼 날아갔구나!

---

* 어색하고 겸연쩍게.

유리창 2

내어다 보니
아주 캄캄한 밤,
어험스런* 뜰 앞 잣나무가 자꾸 커 올라간다.
돌아서서 자리로 갔다.
나는 목이 마르다.
또, 가까이 가
유리를 입으로 쪼다.
아아, 항 안에 든 금붕어처럼 갑갑하다.
별도 없다, 물도 없다, 쉬파람** 부는 밤.
소증기선小蒸汽船처럼 흔들리는 창窓.
투명透明한 보랏빛 누리알 아,
이 알몸을 끄집어내라, 때려라, 부릇내라.***
나는 열熱이 오른다.
뺨은 차라리 연정戀情스러이
유리에 비빈다, 차디찬 입맞춤을 마신다.
쓰라리, 알연히,**** 그싯는 음향音響──
머언 꽃!
도회都會에는 고운 화재火災가 오른다.

---

     * 어둡고 침침하게 보이는.
   ** '휘파람'의 뜻이 아니라 '거세게 부는 바람'이란 뜻으로 해석된다.
 *** 부서뜨려라.
**** 맑고 은은하게.

난초

난초蘭草 잎은
차라리 수묵색水墨色.

난초蘭草 잎에
엷은 안개와 꿈이 오다.

난초蘭草 잎은
한밤에 여는 다문 입술이 있다.

난초蘭草 잎은
별빛에 눈떴다 돌아눕다.

난초蘭草 잎은
드러난 팔 굽이를 어쩌지 못한다.

난초蘭草 잎에
적은 바람이 오다.

난초蘭草 잎은
춥다.

촉불과 손

고요히 그싯는 손씨*로
방안 하나 차는 불빛!

별안간 꽃다발에 안긴 듯이
올빼미처럼 일어나 큰 눈을 뜨다.

　　　※

그대의 붉은 손이
바위틈에 물을 따오다,
산양山羊의 젖을 옮기다,
간소簡素한 채소菜蔬를 기르다,
오묘한 가지에
장미薔薇가 피듯이
그대 손에 초밤불**이 낳도다.

---

* 손길.
** 초야를 밝히는 불처럼 신비롭고 순결한 불.

해협

포탄砲彈으로 뚫은 듯 동그란 선창船窓으로
눈썹까지 부풀어 오른* 수평水平이 엿보고,

하늘이 함폭 내려앉아
크낙한 암탉처럼 품고 있다.

투명透明한 어족魚族이 행렬行列하는 위치位置에
훗하게** 차지한 나의 자리여!

망토 깃에 솟은 귀는 소라 속같이
소란한 무인도無人島의 각적角笛을 불고—

해협海峽 오전午前 두시의 고독孤獨은 오롯한 원광圓光을 쓰다.
서러울 리 없는 눈물을 소녀少女처럼 짓자.

나의 청춘靑春은 나의 조국祖國!
다음날 항구港口의 갠 날씨여!

항해航海는 정히 연애戀愛처럼 비등沸騰하고
이제 어드메쯤 한밤의 태양太陽이 피어오른다.

---

 * 선창을 얼굴이라고 할 때 눈썹 위치까지 수면이 올라온 모습.
** 호젓하게.

다시 해협

정오正午 가까운 해협海峽은
백묵白墨 흔적痕跡이 적력的歷한 원주圓周!

마스트 끝에 붉은 기旗가 하늘보다 곱다.
감람甘藍 포기 포기 솟아오르듯 무성茂盛한 물이랑이어!

반마班馬같이 해구海狗같이 어여쁜 섬들이 달려오건만
일일이 만져 주지 않고 지나가다.

해협海峽이 물거울 쓰러지듯 휘뚝 하였다.
해협海峽은 엎질러지지 않았다.

지구地球 위로 기어가는 것이
이다지도 호수운* 것이냐!

외진 곳 지날 제 기적汽笛은 무서워서 운다.
당나귀처럼 처량悽凉하구나.

해협海峽의 칠월七月 햇살은
달빛보담 시원타.

---

* (갑자기 밑으로 떨어질 때) 짜릿한 느낌이 드는.

화통火筒 옆 사닥다리에 나란히
제주도濟州道 사투리 하는 이와 아주 친했다.

스물한 살 적 첫 항로航路에
연애戀愛보담 담배를 먼저 배웠다.

지도

지리교실地理教室 전용專用 지도地圖는
다시 돌아와 보는 미려美麗한 칠월七月의 정원庭園.
천도열도* 부근附近 가장 짙푸른 곳은 진실眞實한 바다보다 깊다.
한가운데 검푸른 점點으로 뛰어들기가 얼마나 황홀恍惚한 해학諧謔이냐!
의자椅子 위에서 다이빙 자세姿勢를 취取할 수 있는 순간瞬間,
교원실敎員室의 칠월七月은 진실眞實한 바다보담 적막寂寞하다.

---

* 千島列島 : 일본 북부 치시마열도, 지금의 쿠릴열도.

귀로

포도鋪道로 내리는 밤안개에
어깨가 저윽이 무거웁다.

이마에 촉觸하는 쌍그란* 계절季節의 입술
거리에 등燈불이 함폭! 눈물겹구나.

제비도 가고 장미薔薇도 숨고
마음은 안으로 상장喪章을 차다.

걸음은 절로 디딜 데 디디는 삼십三十 적 분별分別
영탄詠嘆도 아닌 불길不吉한 그림자가 길게 누이다.

밤이면 으레 홀로 돌아오는
붉은 술도 부르지 않는 적막寂寞한 습관習慣이여!

---

* 차갑고 쓸쓸한.

오월 소식

오동梧桐나무 꽃으로 불 밝힌 이곳 첫여름이 그립지 아니한가?
어린 나그네 꿈이 시시로 파랑새가 되어 오려니.
나무 밑으로 가나 책상 턱에 이마를 고일 때나,
네가 남기고 간 기억記憶만이 소곤소곤 거리는구나.

모처럼만에 날아온 소식에 반가운 마음이 울렁거리어
가여운 글자마다 먼 황해黃海가 남실거리나니.

……나는 갈매기 같은 종선을 한창 치달리고 있다……

쾌활快活한 오월五月 넥타이가 내처 난데없는 순풍順風이 되어,
하늘과 딱 닿은 푸른 물결 위에 솟은,
외딴 섬 로만틱을 찾아갈까나.

일본말과 아라비아 글씨를 가르치러 간
쬐그만 이 페스탈로치야, 꾀꼬리 같은 선생님이야,
날마다 밤마다 섬 둘레가 근심스런 풍랑風浪에 씹히는가 하노니,
은은히 밀려오는 듯 머얼리 우는 오르간 소리…………

이른 봄 아침

귀에 설은 새소리가 새어들어 와
참한 은시계로 자근자근 얻어맞은 듯,
마음이 이 일 저 일 보살필 일로 갈라져,
수은 방울처럼 동글동글 나동그라져,
춥기는 하고 진정 일어나기 싫어라.

※

쥐나 한 마리 훔켜잡을 듯이
미닫이를 살포─시 열고 보노니
사루마다 바람으론 오호! 치워라.

마른 새삼 넝쿨 사이사이로
빠알간 산새 새끼가 물레 북 드나들듯.

※

새 새끼와도 언어 수작을 능히 할까 싶어라.
날카롭고도 보드라운 마음씨가 파닥거리어.
새 새끼와 내가 하는 에스페란토는 휘파람이라.
새 새끼야, 한종일 날아가지 말고 울어나 다오,
오늘 아침에는 나이 어린 코끼리처럼 외로워라.

산봉우리—저쪽으로 돌린 프로필—
패랭이꽃 빛으로 볼그레하다,
씩 씩 뽑아 올라간, 밋밋하게
깎아 세운 대리석 기둥인 듯,
간뎅이 같은 해가 이글거리는
아침 하늘을 일심으로 떠받치고 섰다,
봄바람이 허리띠처럼 휘이 감돌아 서서
사알랑 사알랑 날아오느니,
새 새끼도 포르르 포르르 불려 왔구나.

압천

압천鴨川 십리+里 벌에
해는 저물어…… 저물어……

날이 날마다 임 보내기
목이 자졌다…… 여울 물소리……

찬 모래알 쥐어짜는 찬 사람의 마음,
쥐어짜라. 바수어라. 시원치도 않아라.

여뀌 풀 우거진 보금자리
뜸부기 홀어멈 울음 울고,

제비 한 쌍 떴다,
비맞이 춤을 추어.*

수박 냄새 품어오는 저녁 물바람.
오랑쥬** 껍질 씹는 젊은 나그네의 시름.

압천鴨川 십리+里 벌에
해가 저물어…… 저물어……

---

* 비가 오기 전에는 제비가 바삐 날아다니는데, 그것을 비를 맞이하는 춤이라고 생각한 것이다.
** 오렌지(orange)의 불어 발음.

석류

장미薔薇꽃처럼 곱게 피어 가는 화로에 숯불,
입춘立春 때 밤은 마른 풀 사르는 냄새가 난다.

한겨울 지난 석류柘榴 열매를 쪼개어
홍보석紅寶石 같은 알을 한 알 두 알 맛보노니,

투명透明한 옛 생각, 새로운 시름의 무지개여,
금붕어처럼 어린 여릿여릿한 느낌이여.

이 열매는 지난 해 시월 상달, 우리 둘의
조그마한 이야기가 비롯될 때 익은 것이어니.

작은 아씨야, 가녀린 동무야, 남몰래 깃들인
네 가슴에 졸음 조는 옥토끼가 한 쌍.

옛 못 속에 헤엄치는 흰 고기의 손가락, 손가락,
외롭게 가볍게 스스로 떠는 은銀실, 은銀실,

아아 석류柘榴알을 알알이 비추어 보며
신라新羅 천년千年의 푸른 하늘을 꿈꾸노니.

발열

처마 끝에 서린 연기 따라
포도葡萄순이 기어나가는 밤, 소리 없이,
가뭄 땅에 스며든 더운 김이
등에 서리나니, 훈훈히,
아아, 이 애 몸이 또 달아오르누나.
가쁜 숨결을 드내쉬노니, 박나비처럼,
가녀린 머리, 주사 찍은 자리에, 입술을 붙이고
나는 중얼거리다, 나는 중얼거리다,
부끄러운 줄도 모르는 다신교도多神敎徒와도 같이.
아아, 이 애가 애자지게* 보채누나!
불도 약도 달도 없는 밤,
아득한 하늘에는
별들이 참벌 날듯 하여라.

---

* '애처롭게'와 '자지러지게'의 뜻이 복합된 말.

향수

넓은 벌 동쪽 끝으로
옛이야기 지줄대는 실개천이 회돌아 나가고,
얼룩빼기 황소가
해설피 금빛 게으른 울음을 우는 곳,

—그 곳이 차마 꿈엔들 잊힐 리야.

질화로에 재가 식어지면
비인 밭에 밤바람 소리 말을 달리고,
엷은 조름에 겨운 늙으신 아버지가
짚 베개를 돋아 고이시는 곳.

—그 곳이 차마 꿈엔들 잊힐 리야.

흙에서 자란 내 마음
파아란 하늘빛이 그리워
함부로 쏜 화살을 찾으려
풀섶 이슬에 함초롬 휘적시던 곳,

—그 곳이 차마 꿈엔들 잊힐 리야.

전설傳說 바다에 춤추는 밤물결 같은

검은 귀밑머리 날리는 어린 누이와
아무렇지도 않고 예쁠 것도 없는
사철 발 벗은 아내가
따가운 햇살을 등에 지고 이삭 줍던 곳,

—그 곳이 차마 꿈엔들 잊힐 리야.

하늘에는 성근 별
알 수도 없는 모래성으로 발을 옮기고,
서리까마귀 우지짖고 지나가는 초라한 지붕,
흐릿한 불빛에 돌아앉아 도란도란거리는 곳,

—그 곳이 차마 꿈엔들 잊힐 리야.

갑판 위

나직한 하늘은 백금白金 빛으로 빛나고
물결은 유리판처럼 부서지며 끓어오른다.
동글동글 굴러오는 짠바람에 뺨마다 고운 피가 고이고
배는 화려華麗한 짐승처럼 짖으며 달려 나간다.
문득 앞을 가리는 검은 해적海賊 같은 외딴섬이
흩어져 나는 갈매기 떼 날개 뒤로 문짓문짓 물러나가고,
어디로 돌아다보든지 하이얀 큰 팔굽이에 안기어
지구地球 덩이가 동그랗다는 것이 즐겁구나.
넥타이는 시원스럽게 날리고 서로 기대 선 어깨에 유월六月 볕이 스며들고
한없이 나가는 눈길은 수평선水平線 저쪽까지 기旗폭처럼 퍼덕인다.

                 ※

바다 바람이 그대 머리에 아른대는구려,
그대 머리는 슬픈 듯 하늘거리고.

바다 바람이 그대 치마폭에 이치대는구려,*
그대 치마는 부끄러운 듯 나부끼고.

그대는 바람 보고 꾸짖는구려.

────────
* 성가시게 구는구려.

　　　　　※

별안간 뛰어들삼아도* 설마 죽을라고요
바나나 껍질로 바다를 놀려대노니,

젊은 마음 꼬이는 굽이도는 물굽이
둘이 함께 굽어보며 가비얍게 웃노니.

---

* 뛰어든다 해도.

태극선

이 아이는 고무 볼을 따라
흰 산양山羊이 서로 부르는 푸른 잔디 위로 달리는지도 모른다.

이 아이는 범나비 뒤를 그리어
소스라치게 위태한 절벽 가를 내닫는지도 모른다.

이 아이는 내처 날개가 돋쳐
꽃잠자리 제자를 선 하늘로 도는지도 모른다.

  (이 아이가 내 무릎 위에 누운 것이 아니라)

새와 꽃, 인형 납병정 기관차들을 거느리고
모래밭과 바다, 달과 별사이로
다리 긴 왕자王子처럼 다니는 것이려니,

  (나도 일찍이, 저물도록 흐르는 강가에
  이 아이를 뜻도 아니한 시름에 겨워
  풀피리만 찢은 일이 있다)

이 아이의 비단결 숨소리를 보라.
이 아이의 씩씩하고도 보드라운 모습을 보라.
이 아이 입술에 깃들인 박꽃 웃음을 보라.

(나는, 쌀, 돈 셈, 지붕 샐 것이 문득 마음 키인다)

반딧불 하릿하게 날고
지렁이 기름불만치 우는 밤,
모아드는 훗훗한 바람에
슬프지도 않은 태극선 자루가 나부끼다.

카페 프랑스

옮겨다 심은 종려棕櫚나무 밑에
비뚜로 선 장명등,
카페·프랑스에 가자.

이놈은 루바슈카
또 한 놈은 보헤미안 넥타이
뺏적 마른 놈이 앞장을 섰다.

밤비는 뱀눈처럼 가는데
페이브먼트에 흐늑이는 불빛
카페·프랑스에 가자.

이 놈의 머리는 비뚤어진 능금
또 한 놈의 심장心臟은 벌레 먹은 장미薔薇
제비처럼 젖은 놈이 뛰어간다.

　　　　※

"오오 패롯(앵무鸚鵡) 서방! 굿 이브닝!"

"굿 이브닝!" (이 친구 어떠하시오?)

울금향鬱金香 아가씨는 이 밤에도
경사更紗 커튼 밑에서 조시는구려!

나는 자작子爵의 아들도 아무 것도 아니란다.
남달리 손이 희어서 슬프구나!

나는 나라도 집도 없단다
대리석大理石 테이블에 닿는 내 뺨이 슬프구나!

오오, 이국종異國種 강아지야
내발을 빨아다오.
내발을 빨아다오.

슬픈 인상화

수박냄새 품어 오는
첫 여름의 저녁 때…………

먼 해안海岸 쪽
길 옆 나무에 늘어선
전등電燈. 전등電燈.
헤엄쳐 나온 듯이 깜박거리고 빛나누나.

침울沈鬱하게 울려오는
축항築港의 기적汽笛소리…… 기적汽笛소리……
이국정조異國情調로 퍼덕이는
세관稅關의 깃발. 깃발.

시멘트 깐 인도人道 측側으로 사폿사폿 옮기는
하이얀 양장洋裝의 점경點景!

그는 흘러가는 실심失心한 풍경風景이어니……
부질없이 오랑쥬 껍질 씹는 시름……

아아, 애시리愛施利·황黃!*
그대는 상해上海로 가는구려…………

---
* 애서리는 여성의 이름으로 쓰이는 Ashley의 한자식 표기.

조약돌

조약돌 도글도글······
그는 나의 혼魂의 조각이러뇨.

앓는 피에로의 설움과
첫길에 고달픈
청靑제비의 푸념 겨운 지줄댐과,
꼬집어 아직 붉어 오르는
피에 맺혀,
비 날리는 이국異國 거리를
탄식嘆息하며 헤매누나.

조약돌 도글도글······
그는 나의 혼魂의 조각이러뇨.

피리

자네는 인어人魚를 잡아
아씨를 삼을 수 있나?

달이 이리 창백蒼白한 밤엔
따뜻한 바다 속에 여행旅行도 하려니.

자네는 유리琉璃 같은 유령幽靈이 되어
뼈만 앙상하게 보일 수 있나?

달이 이리 창백蒼白한 밤엔
풍선風船을 잡아타고
화분花粉 날리는 하늘로 둥 둥 떠오르기도 하려니.

아무도 없는 나무 그늘 속에서
피리와 단둘이 이야기하노니.

달리아

가을 볕 째앵 하게
내려 쪼이는 잔디밭.

함빡 피어난 달리아.
한낮에 함빡 핀 달리아.

시약시야, 네 살빛도
익을 대로 익었구나.

젖가슴과 부끄럼성이
익을 대로 익었구나.

시약시야, 순하디 순하여 다오.
암사슴처럼 뛰어다녀 보아라.

물오리 떠돌아다니는
흰 못물 같은 하늘 밑에,

함빡 피어 나온 달리아.
피다 못해 터져 나오는 달리아.

홍춘

춘栒나무* 꽃 피 뱉은 듯 붉게 타고
더딘 봄날 반은 기울어
물방아 시름없이 돌아간다.

어린아이들 제 춤에 뜻 없는 노래를 부르고
솜병아리 양지쪽에 모이를 가리고 있다.

아지랑이 졸음 조는 마을길에 고달퍼
아름아름 알아질 일도 몰라서
여윈 볼만 만지고 돌아오노니.

---

* 동백.

저녁햇살

불 피어오르듯 하는 술
한숨에 키어도 아아 배고파라.

수줍은 듯 놓인 유리컵
바작바작 씹는대도 배고프리.

네 눈은 고만高慢스런 흑黑단추.
네 입술은 서운한 가을철 수박 한 점.

빨아도 빨아도 배고프리.

술집 창문에 붉은 저녁 햇살
연연하게 탄다, 아아 배고파라.

벚나무 열매

윗입술에 그 벚나무 열매가 다 나섰니*?
그래 그 벚나무 열매가 지운 듯 스러졌니?
그끄제 밤에 네가 참벌처럼 잉잉거리고 간 뒤로—
불빛은 송화 가루 삐운** 듯 무리를 둘러쓰고
문풍지에 아렴풋이 얼음 풀린 먼 여울이 떠는구나.
바람세는 연 사흘 두고 유달리도 미끄러워
한창때 삭신이 덧나기도 쉽단다.
외로운 섬 강화도로 떠날 임시 해서—
윗입술에 그 벚나무 열매가 안 나서서 쓰겠니?
그래 그 벚나무 열매를 그대로 달고 가려니?

—————
* '나왔니' 의 방언.
** 끼어 있는 듯, 뿌린 듯.

엽서에 쓴 글

나비가 한 마리 날아 들어온 양하고
이 종잇장에 불빛을 돌려대 보시압.
제대로 한동안 파닥거리오리다.
—대수롭지도 않은 산목숨과도 같이.
그러나 당신의 열적은 오라범 하나가
먼 데 가까운 데 가운데 불을 헤이며 헤이며
찬비에 함초롬 휘적시고 왔소.
—서럽지도 않은 이야기와도 같이.
누나, 검은 이 밤이 다 희도록
참한 뮤즈처럼 주무시압.
해발海拔 이천二千 피트 산봉우리 위에서
이제 바람이 내려옵니다.

선취

배 난간에 기대서서 휘파람을 날리나니
새까만 등솔기에 팔월八月 달 햇살이 따가워라.

금단추 다섯 개 단 자랑스러움, 내처 시달픔*.
아리랑 조라도 찾아볼까, 그 전날 부르던,

아리랑 조 그도 저도 다 잊었습네, 인제는 버얼써,
금단추 다섯 개를 삐우고** 가자, 파아란 바다 위에.

담배도 못 피우는, 수탉 같은 머언 사랑을
홀로 피우며 가노니, 니긋니긋 흔들 흔들리면서.

* 시들픔. 마음에 들지 않고 시들함.
** 끼우고.

54 정지용

봄

외까마귀 울며 난 아래로
허울한 돌기둥 넷이 서고,
이끼 흔적 푸르른데
황혼黃昏이 붉게 물들다.

거북 등 솟아오른 다리
길기도 한 다리,
바람이 수면水面에 옮기니
휘이 비껴 쓸리다.

슬픈 기차

우리들의 기차汽車는 아지랑이 남실거리는 섬나라 봄날 온 하루를 익살스런
마도로스 파이프로 피우며 간 단 다.
우리들의 기차汽車는 느으릿 느으릿 유월 소 걸어가듯 걸어 간 단 다.

우리들의 기차汽車는 노오란 배추꽃 비탈 밭 새로
헐레벌떡거리며 지나 간 단 다.

나는 언제든지 슬프기는 슬프나마 마음만은 가벼워
나는 차창車窓에 기댄 대로 휘파람이나 날리자.

먼 데 산이 군마軍馬처럼 뛰어오고 가까운 데 수풀이 바람처럼 불려가고
유리판을 펼친 듯, 뇌호내해* 퍼언한 물. 물. 물. 물.
손가락을 담그면 포도葡萄빛이 들으렷다.
입술에 적시면 탄산수炭酸水처럼 끓으렷다.
복스런 돛폭에 바람을 안고 뭇 배가 팽이처럼 밀려가 다 간,
나비가 되어 날아간다.

나는 차창車窓에 기댄 대로 옥토끼처럼 고마운 잠이나 들자.
청靑만틀** 깃 자락에 마담 R의 고달픈 뺨이 불그레 피었다, 고운 석탄石炭불
처럼 이글거린다.

---

* 瀬戸內海 : 세토나이카이. 일본 혼슈(本主) 서부의 내해內海.
** mantle, manteau. 외투.

당치도 않은 어린아이 잠재우기 노래를 부르심은 무슨 뜻이뇨?

잠들어라.
가여운 내 아들아.
잠들어라.

나는 아들이 아닌 것을, 윗수염 자리 잡혀가는, 어린 아들이 버얼써 아닌 것을.
나는 유리쪽에 갑갑한 입김을 비추어 내가 제일 좋아하는 이름이나 그으며
가 자.
나는 니긋니긋한 가슴을 밀감蜜柑쪽으로나 씻어 내리자.

대 수풀 울타리마다 요염妖艷한 관능官能과 같은 홍춘紅椿이 피맺혀 있다.
마당마다 솜병아리 털이 폭신폭신하고,
지붕마다 연기도 아니 뵈는 햇볕이 타고 있다.
오오, 갠 날씨야, 사랑과 같은 어질머리야, 어질머리야.

청靑만틀 깃 자락에 마담 R의 가여운 입술이 여태껏 떨고 있다.
누나다운 입술을 오늘에야 실컷 절하며 갚노라.
나는 언제든지 슬프기는 슬프나마,
오오, 나는 차보다 더 날래* 가려지는 아니하련다.

---

* 빠르게.

황마차

　이제 마악 돌아 나가는 곳은 시계時計집 모퉁이, 낮에는 처마 끝에 달아맨 종
달새란 놈이 도회都會바람에 나이를 먹어 조금 연기 끼인 듯한 소리로 사람 흘
러 내려가는 쪽으로 그저 지줄지줄거립디다.

　그 고달픈 듯이 깜박 깜박 졸고 있는 모양이—가여운 잠의 한 점이랄지요—
부칠 데 없는 내 맘에 떠오릅니다. 쓰다듬어 주고 싶은, 쓰다듬을 받고 싶은
마음이올시다. 가엾은 내 그림자는 검은 상복喪服처럼 지향없이 흘러 내려갑
니다. 촉촉이 젖은 리본 떨어진 낭만풍浪漫風의 모자帽子 밑에는 금붕어의 분류
奔流와 같은 밤경치가 흘러 내려갑니다. 길옆에 늘어선 어린 은행銀杏나무들은
이국척후병異國斥候兵의 걸음새로 조용조용히 흘러 내려갑니다.

　슬픈 은안경銀眼鏡이 흐릿하게
　밤비는 옆으로 무지개를 그린다.

　이따금 지나가는 늦은 전차電車가 끼이익 돌아나가는 소리에 내 조그만 혼魂
이 놀란 듯이 파닥거리나이다. 가고 싶어 따뜻한 화롯가를 찾아가고 싶어. 좋
아하는 코-란경經을 읽으면서 남경南京콩이나 까먹고 싶어, 그러나 나는 찾아
돌아갈 데가 있을라구요?

　네거리 모퉁이에 씩 씩 뽑아 올라간 붉은 벽돌집 탑塔에서는 거만스런 XII시
時가 피뢰침避雷針에게 위엄 있는 손가락을 치어들었소. 이제야 내 모가지가 쭐
뼛 떨어질 듯도 하구려. 솔닢새 같은 모양새를 하고 걸어가는 나를 높다란 데
서 굽어보는 것은 아주 재미있을 게지요. 마음 놓고 술 술 소변이라도 볼까요.

헬멧 쓴 야경순사夜警巡査가 필름처럼 쫓아오겠지요!

　네거리 모퉁이 붉은 담벼락이 흠씩 젖었소. 슬픈 도회都會의 뺨이 젖었소. 마음은 열없이 사랑의 낙서落書를 하고 있소. 홀로 글썽글썽 눈물짓고 있는 것은 가엾은 소-냐의 신세를 비추는 빨간 전등電燈의 눈알이외다. 우리들의 그 전날 밤은 이다지도 슬픈지요. 이다지도 외로운지요. 그러면 여기서 두 손을 가슴에 여미고 당신을 기다리고 있으리까?

　길이 아주 질어 터져서 뱀 눈알 같은 것이 반작반작 어리고 있소. 구두가 어찌나 크던지 걸어가면서 졸림이 오십니다.＊진흙에 착 붙어버릴 듯하오. 철없이 그리워 동그스레한 당신의 어깨가 그리워. 거기에 내 머리를 대면 언제든지 머언 따뜻한 바다 울음이 들려오더니…………

　……아아, 아무리 기다려도 못 오실 이를……

　기다려도 못 오실 이 때문에 졸린 마음은 황마차幌馬車를 부르노니, 휘파람처럼 불려오는 황마차幌馬車를 부르노니, 은銀으로 만든 슬픔을 실은 원앙鴛鴦새털 깐 황마차幌馬車, 꼬옥 당신처럼 참한 황마차幌馬車, 찰 찰찰 황마차幌馬車를 기다리노니.

＊ 구두가 크니까 진흙에 달라붙어 잡아 다니는 것 같은 느낌이 든다.

새빨간 기관차

느으릿 느으릿 한눈파는 겨를에
사랑이 수이 알아질까도 싶구나.
어린 아이야, 달려가자.
두 빰에 피어오른 어여쁜 불이
일찍 꺼져버리면 어찌하자니?
줄달음질쳐 가자.
바람은 휘잉. 휘잉.
맨틀* 자락에 몸이 떠오를 듯.
눈보라는 풀. 풀.
붕어새끼 꾀어내는 모이 같다.
어린 아이야, 아무 것도 모르는
새빨간 기관차처럼 달려가자!

---

* 망토(mantle, manteau)

밤

눈 머금은 구름 새로
흰 달이 흐르고,

처마에 서린 탱자나무가 흐르고,

외로운 촛불이, 물새의 보금자리가 흐르고……

표범 껍질에 호젓하게 싸이어
나는 이 밤, '적막한 홍수'를 누워 건너다.

호수 1

얼굴 하나 야
손바닥 둘 로
폭 가리지 만,

보고 싶은 마음
호수湖水 만 하니
눈 감을 밖에.*

---
* 시의 문맥을 살리기 위한 특별한 띄어쓰기를 했기 때문에 그대로 표기하였다.

호수 2

오리 모가지는
호수湖水를 감는다.

오리 모가지는
자꾸 간지러워.

호면

손바닥을 울리는 소리
곱다랗게 건너간다.

그 뒤로 흰 게우*가 미끄러진다.

겨울

빗방울 내리다 누리** 알로 구을러
한밤중 잉크 빛 바다를 건너다.

---

* 거위
** 우박.

달

선뜻! 뜨인 눈에 하나 차는 영창
달이 이제 밀물처럼 밀려오다.

미욱한 잠과 베개를 벗어나
부르는 이 없이 불려 나가다.

　　　※

한밤에 홀로 보는 나의 마당은
호수湖水같이 둥긋이 차고 넘치누나.

쪼그리고 앉은 한 옆에 흰 돌도
이마가 유달리 함초롬 고와라.

연연턴 녹음綠陰, 수묵색水墨色으로 짙은데
한창때 곤한 잠인 양 숨소리 설키도다.*

비둘기는 무엇이 궁거워** 구구 우느뇨,
오동梧桐나무 꽃이야 못 견디게 향香그럽다.

---

* 얽히도다.
** 궁금하여.

절정

석벽石壁에는
주사朱砂가 찍혀 있소.
이슬 같은 물이 흐르오.
나래 붉은 새가
위태한 데 앉아 따 먹으오
산포도山葡萄 순이 지나갔소.
향薰그런 꽃뱀이
고원高原 꿈에 옴치고* 있소.
거대巨大한 주검 같은 장엄莊嚴한 이마,
기후조氣候鳥가 첫 번 돌아오는 곳,
상현上弦달이 사라지는 곳,
쌍무지개 다리 디디는 곳,
아래서 볼 때 오리온 성좌星座와 키가 나란하오.
나는 이제 상상봉上上峰에 섰소.
별만한 흰 꽃이 하늘대오.
민들레 같은 두 다리 간조롱해지오.**
해 솟아오르는 동해東海—
바람에 향하는 먼 기旗폭처럼
뺨에 나부끼오.

---

* 오므리고.
** 나란해지오.

풍랑몽1

당신께서 오신다니
당신은 어찌나 오시려십니까.

끝없는 울음 바다를 안으올때
포도葡萄빛 밤이 밀려오듯이,
그 모양으로 오시려십니까.

당신께서 오신다니
당신은 어찌나 오시려십니까.

물 건너 외딴 섬, 은회색銀灰色 거인巨人이
바람 사나운 날, 덮쳐오듯이,
그 모양으로 오시려십니까.

당신께서 오신다니
당신은 어찌나 오시려십니까.

창窓밖에는 참새떼 눈초리 무거웁고
창窓안에는 시름겨워 턱을 고일 때,
은銀고리 같은 새벽달
부끄럼성스런 낮가림을 벗듯이,
그 모양으로 오시려십니까.

외로운 졸음, 풍랑風浪에 어리울 때
앞 포구浦口에는 궂은비 자욱이 둘리고*
행선行船배 북이 웁니다, 북이 웁니다.

풍랑몽2

바람은 이렇게 몹시도 부옵는데
저 달 영원永遠의 등화燈火!
꺼질 법도 아니하옵거니,
엊저녁 풍랑風浪 위에 님 실려 보내고
아닌 밤중 무서운 꿈에 소스라쳐 깨옵니다.

---

* 둘러싸이고.

말 1

청대나무 뿌리를 우여어차! 잡아 뽑다가 궁둥이를 찧었네.
짠 조숫물에 흠뻑 불리어 휙 휙 내두르니 보랏빛으로 피어오른 하늘이 만만
하게 베어진다.
채찍에서 바다가 운다.
바다 위에 갈매기가 흩어진다.

오동나무 그늘에서 그리운 양 졸리운 양한 내 형제 말님을 찾아갔지.
"형제여, 좋은 아침이오."
말님 눈동자에 엊저녁 초사흘 달이 하릿하게 돌아간다.
"형제여 뺨을 돌려 대소. 왕왕."

말님의 하이얀 이빨에 바다가 시리다.
푸른 물 들 듯한 언덕에 햇살이 자개처럼 반작거린다.
"형제여, 날씨가 이리 휘영청 갠 날은 사랑이 부질없소라."

바다가 치마폭 잔주름을 잡아온다.
"형제여, 내가 부끄러운 데를 싸매었으니
그대는 코를 불라."

구름이 대리석 빛으로 퍼져 나간다.
채찍이 번뜻 뱀을 그린다.
"오호! 호! 호! 호! 호! 호! 호!"

말님의 앞발이 뒷발이요 뒷발이 앞발이라.
바다가 네 귀로 돈다.
쉿! 쉿! 쉿!
말님의 발이 여덟이요 열여섯이라.
바다가 이리떼처럼 짖으며 온다.
쉿! 쉿! 쉿!
어깨 위로 넘어 닫는 마파람이 휘파람을 불고
물에서 뭍에서 팔월이 퍼덕인다.

"형제여, 오오, 이 꼬리 긴 영웅英雄이야!
날씨가 이리 휘영청 갠 날은 곱슬머리가 자랑스럽소라!"

말 2

까치가 앞서 날고,
말이 따라 가고,
바람 소올 소올, 물소리 쫄 쫄 쫄,
유월 하늘이 동그라하다, 앞에는 퍼언한 벌,
아아, 사방四方이 우리나라로구나.
아아, 웃통 벗기 좋다, 휘파람 불기 좋다, 채찍이 돈다, 돈다, 돈다, 돈다.
말아,
누가 났나? 너를. 너는 몰라.
말아,
누가 났나? 나를. 내도 몰라.
너는 시골 뜸에서
사람스런 숨소리를 숨기고 살고
내사 대처 한복판에서
말스런 숨소리를 숨기고 다 자랐다.
시골로나 대처로나 가나 오나
양친 못 보아 서럽더라.
말아,
메아리 소리 쩌르렁! 하게 울어라,
슬픈 놋방울소리 맞춰 내 한마디 하려니.
해는 하늘 한복판, 금빛 해바라기가 돌아가고,
파랑콩 꽃타리 하늘대는 두둑 위로
머언 흰 바다가 치어드네.

말아,
가자, 가자니, 고대古代와 같은 나그네 길 떠나가자.
말은 간다.
까치가 따라온다.

바다 1

오·오·오·오·오· 소리치며 달려가니
오·오·오·오·오· 연달아서 몰아온다.

간밤에 잠 살포시
머언 뇌성 울더니,

오늘 아침 바다는
포도빛으로 부풀어졌다.

철석, 처얼석, 철석, 처얼석, 철석,
제비 날아들 듯 물결 사이사이로 춤을 추어.

바다 2

한백년 진흙 속에
숨었다 나온 듯이,

게처럼 옆으로
기어가 보노니,

머언 푸른 하늘 아래로
가이없는 모래 밭.

바다 3

외로운 마음이
한종일 두고

바다를 불러—

바다 위로
밤이
걸어온다.

바다 4

후주근한 물결소리 등에 지고 홀로 돌아가노니
어디선지 그 누구 쓰러져 울음 우는 듯한 기척,

돌아서서 보니 먼 등대燈臺가 반짝 반짝 깜박이고
갈매기떼 끼루룩 끼루룩 비를 부르며 날아간다.

울음 우는 이는 등대燈臺도 아니고 갈매기도 아니고
어딘지 홀로 떨어진 이름 모를 서러움이 하나.

바다 5

바둑돌은
내 손아귀에 만져지는 것이
퍽은 좋은가 보아.

그러나 나는
푸른 바다 한복판에 던졌지.

바둑돌은
바다로 거꾸로 떨어지는 것이
퍽은 신기한가 보아.

당신도 인제는
나를 그만만 만지시고,
귀를 들어 팽개를 치십시오.

나라는 나도
바다로 거꾸로 떨어지는 것이,
퍽은 시원해요.

바둑돌의 마음과
이 내 심사는
아아무도 모르지라요.

갈매기

돌아다보아야 언덕 하나 없다, 소나무 하나 떠는 풀잎 하나 없다.

해는 하늘 한 복판에 백금白金 도가니처럼 끓고, 똥그란 바다는 이제 팽이처럼 돌아간다.

갈매기야, 갈매기야, 너는 고양이 소리를 하는구나.

고양이가 이런 데 살 리야 있나, 너는 어데서 났니? 목이야 희기도 희다, 나래도 희다, 발톱이 깨끗하다, 뛰는 고기를 문다.

흰 물결이 치어들 때 푸른 물굽이가 내려앉을 때,

갈매기야, 갈매기야, 아는 듯 모르는 듯 너는 생겨났지,

내사 검은 밤비가 섬돌 위에 울 때 호롱불 앞에 났다더라.

내사 어머니도 있다, 아버지도 있다, 그이들은 머리가 희시다.

나는 허리가 가는 청년이라, 내 홀로 사모한 이도 있다, 대추나무 꽃 피는 동네다 두고 왔단다.

갈매기야, 갈매기야, 너는 목으로 물결을 감는다, 발톱으로 민다.

물속을 든다, 솟는다, 떠돈다, 모로 난다.

너는 쌀을 아니 먹어도 사나? 내 손이사 짓부풀어졌다.

수평선水平線 위에 구름이 이상하다, 돛폭에 바람이 이상하다.

팔뚝을 끼고 눈을 감았다, 바다의 외로움이 검은 넥타이처럼 만져진다.

해바라기 씨

해바라기 씨를 심자.
담 모롱이 참새 눈 숨기고
해바라기 씨를 심자.

누나가 손으로 다지고 나면
바둑이가 앞발로 다지고
괭이가 꼬리로 다진다.

우리가 눈감고 한 밤 자고 나면
이슬이 내려와 같이 자고 가고,

우리가 이웃에 간 동안에
햇빛이 입 맞추고 가고,

해바라기는 첫 시약시인데
사흘이 지나도 부끄러워
고개를 아니 든다.

가만히 엿보러 왔다가
소리를 깩! 지르고 간 놈이―
오오, 사철나무 잎에 숨은
청개구리 고놈이다.

지는 해

우리 오빠 가신 곳은
햇님 지는 서해 건너
멀리 멀리 가셨다네.
웬일인가 저 하늘이
핏빛보담 무섭구나!
난리 났나. 불이 났나.

띠

하늘 위에 사는 사람
머리에다 띠를 띠고,

이 땅 위에 사는 사람
허리에다 띠를 띠고,

땅 속 나라 사는 사람
발목에다 띠를 띠네.

산 너머 저쪽

산 너머 저쪽에는
누가 사나?

뻐꾸기 영 위에서
한나절 울음 운다.

산 너머 저쪽에는
누가 사나?

철나무 치는 소리만
서로 맞아 쩌 르 렁!

산 너머 저쪽에는
누가 사나?

늘 오던 바늘장수도
이봄 들며 아니 뵈네.

홍시

어저께도 홍시 하나.
오늘에도 홍시 하나.

까마귀야. 까마귀야.
우리 남게* 왜 앉았나.

우리 오빠 오시걸랑.
맛 뵈려고 남겨 뒀다.

후락 딱 딱
훠이 훠이!

_____
* 나무에.

무서운 시계

오빠가 가시고 난 방안에
숯불이 박꽃처럼 새워간다.

산모루 돌아가는 차, 목이 쉬어
이 밤사 말고 비가 오시려나?

망토 자락을 여미며 여미며
검은 유리만 내어다 보시겠지!

오빠가 가시고 나신 방안에
시계時計소리 서마 서마 무서워.

삼월 삼짇날

중, 중, 때때 중,
우리 아기 까까머리.

삼월 삼짇날,
질라래비, 훨, 훨,
제비새끼, 훨, 훨,

쑥 뜯어다가
개피떡 만들어.
호, 호, 잠 들여 놓고
냥, 냥, 잘도 먹었다.

중, 중, 때때 중,
우리 아기 상제로 사갑소.

딸레

딸레*와 쬐그만 아주머니,
앵두나무 밑에서
우리는 늘 세 동무.

딸레는 잘못하다
눈이 멀어 나갔네.

눈먼 딸레 찾으러 갔다 오니,
쬐그만 아주머니마저
누가 데려갔네.

방울 혼자 흔들다
나는 싫어 울었다.

---

* 인형.

산소

서낭산골 시오리 뒤로 두고

어린 누이 산소를 묻고 왔소.

해마다 봄바람 불어를 오면,

나들이 간 집새 찾아가라고

남먼히* 피는 꽃을 심고 왔소.

---

* 남쪽 방향으로.

종달새

삼동내— 얼었다 나온 나를
종달새 지리 지리 지리리………

왜 저리 놀려 대누.

어머니 없이 자란 나를
종달새 지리 지리 지리리………

왜 저리 놀려 대누.

해 바른 봄날 한종일 두고
모래톱에서 나 홀로 놀자.

병

부엉이 울던 밤
누나의 이야기—

파랑 병을 깨치면
금시 파랑 바다.

빨강 병을 깨치면
금시 빨강 바다.

뻐꾸기 울던 날
누나 시집갔네—

파랑 병을 깨트려
하늘 혼자 보고.

빨강 병을 깨트려
하늘 혼자 보고.

할아버지

할아버지가
담뱃대를 물고
들에 나가시니,
궂은 날도
곱게 개이고,

할아버지가
도롱이를 입고
들에 나가시니,
가문 날도
비가 오시네.

말

말아, 다락같은 말아,
너는 점잔도 하다마는
너는 왜 그리 슬퍼 뵈니?
말아, 사람 편인 말아,
검정 콩 푸렁 콩을 주마.

                ※

이 말은 누가 난 줄도 모르고
밤이면 먼 데 달을 보며 잔다.

산에서 온 새

새삼나무 싹이 튼 담 위에
산에서 온 새가 울음 운다.

산엣 새는 파랑치마 입고.
산엣 새는 빨강모자 쓰고.

눈에 아름아름 보고 지고.
발 벗고 간 누이 보고 지고.

따스운 봄날 이른 아침부터
산에서 온 새가 울음 운다.

바람

바람.
바람.
바람.

너는 내 귀가 좋으냐?
너는 내 코가 좋으냐?
너는 내 손이 좋으냐?

내사 온통 빨개졌네.

내사 아무치도 않다.

호 호 추워라 구보로!

별똥

별똥 떨어진 곳,

마음해 두었다

다음 날 가 보려,

벼르다 벼르다

인젠 다 자랐소.

기차

할머니
무엇이 그리 설워 우십나?
울며 울며
녹아도鹿兒島로 간다.

해어진 왜포 수건에
눈물이 함촉,
영! 눈에 어른거려
기대도 기대도
내 잠 못 들겠소.

내도 이가 아파서
고향故鄕 찾아 가오.

배추꽃 노란 사월四月 바람을
기차汽車는 간다고
악 물며 악물며 달린다.

고향

고향에 고향에 돌아와도
그리던 고향은 아니러뇨.

산꿩이 알을 품고
뻐꾸기 제철에 울건만,

마음은 제 고향 지니지 않고
머언 항구港口로 떠도는 구름.

오늘도 메 끝에 홀로 오르니
흰 점 꽃이 인정스레 웃고,

어린 시절에 불던 풀피리 소리 아니 나고
메마른 입술에 쓰디쓰다.

고향에 고향에 돌아와도
그리던 하늘만이 높푸르구나.

산엣 색시 들녘 사내

산엣 새는 산으로,
들녘 새는 들로.
산엣 색시 잡으러
산에 가세.

작은 재를 넘어서서,
큰 봉엘 올라서서,

"호―이"
"호―이"

산엣 색시 날래기가
표범 같다.

치달려 달아나는
산엣 색시,
활을 쏘아 잡았습나?

아아니다,
들녘 사내 잡은 손은
차마 못 놓더라.

산엣 색시,
들녘 쌀을 먹였더니
산엣 말을 잊었습데.

들녘 마당에
밤이 들어,

활 활 타오르는 화톳불 너머
넘어다보면—

들녘 사내 선웃음 소리,
산엣 색시
얼굴 와락 붉었더라.

내 맘에 맞는 이

당신은 내 맘에 꼭 맞는 이.
잘난 남보다 조그맣지만
어리둥절 어리석은 척
옛사람처럼 사람 좋게 웃어 좀 보시오.
이리 좀 돌고 저리 좀 돌아보시오.
코 쥐고 뺑뺑이 치다 절 한 번만 합쇼.

호. 호. 호. 호. 내 맘에 꼭 맞는 이.

큰 말 타신 당신이
쌍무지개 홍예문 틀어 세운 별로
내달리시면

나는 산날맹이* 잔디밭에 앉아
기(구령口令)를 부르지요.

"앞으로—가. 요."
"뒤로—가. 요."

키는 후리후리. 어깨는 산 고개 같아요.
호. 호. 호. 호. 내 맘에 맞는 이.

---

* 산등성이.

무어래요

한길로만 오시다
한 고개 넘어 우리 집.
앞문으로 오시지는 말고
뒷동산 사잇길로 오십쇼.
늦은 봄날
복사꽃 연분홍 이슬비가 내리시거든
뒷동산 사잇길로 오십쇼.
바람 피해 오시는 이처럼 들르시면
누가 무어래요?

숨기 내기

날 눈 감기고 숨으십쇼.
잣나무 아름나무 안고 도시면
나는 샅샅이 찾아보지요.

숨기 내기 해종일 하면은
나는 서러워진답니다.

서러워지기 전에
파랑새 사냥을 가지요.

떠나온 지 오랜 시골 다시 찾아
파랑새 사냥을 가지요.

비둘기

저 어느 새떼가 저렇게 날아오나?
저 어느 새떼가 저렇게 날아오나?

사월달 햇살이
물 눙오리* 치듯 하네.

하늘바라기** 하늘만 치어다보다가
하마 자칫 잊을 뻔했던
사랑, 사랑이

비둘기 타고 오네요.
비둘기 타고 오네요.

---

* 바다의 사나운 물결.
** 천수답.

불사조

비애悲哀! 너는 모양할 수도 없도다.
너는 나의 가장 안에서 살았도다.

너는 박힌 화살, 날지 않는 새,
나는 너의 슬픈 울음과 아픈 몸짓을 지니노라.

너를 돌려보낼 아무 이웃도 찾지 못하였노라.
은밀히 이르노니— '행복幸福'이 너를 아주 싫어하더라.

너는 짐짓 나의 심장心臟을 차지하였더뇨?
비애悲哀! 오오 나의 신부新婦! 너를 위하야 나의 창窓과 웃음을 닫았노라.

이제 나의 청춘靑春이 다한 어느 날 너는 죽었도다.
그러나 너를 묻은 아무 석문石門도 보지 못하였노라.

스스로 불탄 자리에서 나래를 펴는
오오 비애悲哀! 너의 불사조不死鳥 나의 눈물이여!

나무

얼굴이 바로 푸른 하늘을 우러렀기에
발이 항시 검은 흙을 향하기 욕되지 않도다.

곡식알이 거꾸로 떨어져도 싹은 반드시 위로!
어느 모양으로 심기어졌더뇨? 이상스런 나무 나의 몸이여!

오오 알맞은 위치位置! 좋은 위 아래!
아담의 슬픈 유산遺産도 그대로 받았노라.

나의 적은 연륜年輪으로 이스라엘의 이천 년을 헤었노라.
나의 존재存在는 우주宇宙의 한낱 초조焦燥한 오점汚點이었도다.

목마른 사슴이 샘을 찾아 입을 잠그듯이
이제 그리스도의 못 박히신 발의 성혈聖血에 이마를 적시며—

오오! 신약新約의 태양太陽을 한 아름 안다.

은혜

회한悔恨도 또한
거룩한 은혜恩惠.

깁실인 듯 가는 봄볕이
골에 굳은 얼음을 쪼기고,

바늘같이 쓰라림에
솟아 동그는 눈물!

귀밑에 아른거리는
요염妖艶한 지옥地獄불을 끄다.

간곡懇曲한 한숨이 뉘게로 사무치느뇨?
질식窒息한 영혼靈魂에 다시 사랑이 이슬 내리도다.

회한悔恨에 나의 해골骸骨을 잠그고저.
아아 아프고저!

별

누워서 보는 별 하나는
진정 멀— 구나.

아스름 닫히려는 눈초리와
금실로 이은 듯 가깝기도 하고,

잠 살포시 깨인 한밤엔
창유리에 붙어서 엿보누나.

불현듯, 솟아나듯,
불리울 듯, 맞아드릴 듯,

문득, 영혼 안에 외로운 불이
바람처럼 이는 회한悔恨에 피어오른다.

흰 자리옷 채로 일어나
가슴 위에 손을 여미다.

임종

나의 임종하는 밤은
귀뚜리 하나도 울지 말라.

나중 죄를 들으신 신부神父는
거룩한 산파産婆처럼 나의 영혼靈魂을 가르시라.

성모취결례聖母就潔禮* 미사 때 쓰고 남은 황촉黃燭불!

담 머리에 숙인 해바라기 꽃과 함께
다른 세상의 태양太陽을 사모하며 돌아라.

영원永遠한 나그네 길 노자路資로 오시는
성주聖主 예수의 쓰신 원광圓光!
나의 영혼에 칠색七色의 무지개를 심으시라.

나의 평생이요 나중인 괴롬!
사랑의 백금白金 도가니에 불이 되라.

달고 달으신 성모聖母의 이름 부르기에
나의 입술을 타게 하라.

---

* 가톨릭 기념 축일의 하나인 성모취결례에 드리는 예배.

갈릴레아 바다

나의 가슴은
조그만 '갈릴레아 바다'.

때 없이 설레는 파도波濤는
미美한 풍경風景을 이룰 수 없도다.

예전에 문제門弟들은
잠자시는 주主를 깨웠도다.

주主를 다만 깨움으로
그들의 신덕信德은 복福되도다.

돛폭은 다시 펴고
키는 방향方向을 찾았도다.

오늘도 나의 조그만 '갈릴레아'에서
주主는 짐짓 잠자신 줄을—.

바람과 바다가 잠잠한 후에야
나의 탄식嘆息은 깨달았도다.

그의 반

내 무엇이라 이름하리 그를?
나의 영혼안의 고운 불,
공손한 이마에 비추는 달,
나의 눈보다 값진 이,
바다에서 솟아올라 나래 떠는 금성金星,
쪽빛 하늘에 흰 꽃을 단 고산식물高山植物,
나의 가지에 머물지 않고
나의 나라에서도 멀다.
홀로 어여삐 스스로 한가로워— 항상 머언 이,
나는 사랑을 모르노라 오로지 수그릴 뿐.
때 없이 가슴에 두 손이 여미어지며
굽이굽이 돌아나간 시름의 황혼黃昏길 위—
나— 바다 이편에 남긴
그의 반임을 고이 지니고 걷노라.

다른 하늘

그의 모습이 눈에 보이지 않았으나
그의 안에서 나의 호흡呼吸이 절로 달도다.

물과 성신聖神으로 다시 낳은 이후
나의 날은 날로 새로운 태양太陽이로세!

뭇사람과 소란한 세대世代에서
그가 다만 내게 하신 일을 지니리라!

미리 가지지 않았던 세상이어니
이제 새삼 기다리지 않으련다.

영혼靈魂은 불과 사랑으로! 육신은 한낱 괴로움.
보이는 하늘은 나의 무덤을 덮을 뿐.

그의 옷자락이 나의 오관五官에 사무치지 않았으나
그의 그늘로 나의 다른 하늘을 삼으리라.

또 하나 다른 태양

온 고을이 받들 만한
장미薔薇 한 가지가 솟아난다 하기로
그래도 나는 고와 아니하련다.

나는 나의 나이와 별과 바람에도 피로疲勞읍다.

이제 태양太陽을 금시 잃어버린다 하기로
그래도 그리 놀라울 리 없다.

실상 나는 또 하나 다른 태양太陽으로 살았다.

사랑을 위하얀 입맛도 잃는다.
외로운 사슴처럼 벙어리 되어 산山길에 설지라도—

오오, 나의 행복幸福은 나의 성모聖母 마리아!

《백록담》수록시

장수산 1

　벌목정정伐木丁丁 이랬거니　아름드리 큰 솔이 베어짐직도 하이　골이 울어 메아리 소리　쩌르렁　돌아옴직도 하이　다람쥐도 좇지 않고　멧새도 울지 않아　깊은 산 고요가 차라리 뼈를 저리우는데　눈과 밤이 종이보다 희고녀! 달도 보름을 기다려 흰 뜻은 한밤 이 골을 걸음이랸다?*　윗절 중이 여섯 판에 여섯 번 지고 웃고 올라간 뒤　조찰히 늙은 사나이의 남긴 내음새를 줍는다?　시름은 바람도 일지 않는 고요에 심히 흔들리우노니　오오 견디랸다 차고 올연兀然히**　슬픔도 꿈도 없이　장수산長壽山 속 겨울 한밤내—

---

　* 걷기 위해서인가?
　** 우뚝하게.

장수산 2

 풀도 떨지 않는 돌산이요   돌도 한 덩이로   열두 골을 곱이곱이 돌았에라 찬 하늘이 골마다   따로 씌우었고   얼음이 굳이 얼어   디딤돌이 믿음직하이 꿩이 기고 곰이 밟은 자국에   나의 발도 놓이노니   물소리   귀뚜리처럼 즉즉 啷啷하놋다   피락 마락 하는 햇살에   눈 위에 눈이 가리어 앉다   흰 시울* 아 래 흰 시울이   눌리어 숨쉬는다   온 산중 내려앉는 획진** 시울들이   다치지 않이!   나도 내던져 앉다   일찍이 진달래 꽃 그림자에 붉었던   절벽絶壁 보이 얀 자리 위에!

---

* 장수산 석벽 단층에 형성된 곡선의 적설층.
** 크고 환한.

백록담

1

절정絶頂에 가까울수록 뻐꾹채 꽃 키가 점점 소모消耗된다. 한 마루 오르면 허리가 슬어지고 다시 한마루 위에서 모가지가 없고 나중에는 얼굴만 갸옷 내다본다. 화문花紋처럼 판版 박힌다. 바람이 차기가 함경도咸鏡道 끝과 맞서는 데서 뻐꾹채 키는 아주 없어지고도 팔월八月 한철엔 흩어진 성신星辰처럼 난만爛漫하다. 산山 그림자 어둑어둑하면 그러지 않아도 뻐꾹채 꽃밭에서 별들이 켜든다. 제자리에서 별이 옮긴다. 나는 여기서 기진했다.

2

암고란巖古蘭, 환약丸藥 같이 어여쁜 열매로 목을 축이고 살아 일어섰다.

3

백화白樺 옆에서 백화白樺가 촉루髑髏가 되기까지 산다. 내가 죽어 백화白樺처럼 흴 것이 흉업지 않다.

4

귀신鬼神도 쓸쓸하여 살지 않는 한 모롱이, 도채비꽃이 낮에도 혼자 무서워 파랗게 질린다.

5

바야흐로 해발海拔 육천척六千呎 위에서 마소가 사람을 대수롭게 아니 여기고 산다. 말이 말끼리 소가 소끼리, 망아지가 어미 소를 송아지가 어미 말을 따르다가 이내 헤어진다.

6

첫 새끼를 낳느라고 암소가 몹시 혼이 났다. 얼결에 산山길 백리百里를 돌아 서귀포西歸浦로 달아났다. 물도 마르기 전에 어미를 여읜 송아지는 움매— 움매— 울었다. 말을 보고도 등산객登山客을 보고도 마구 매달렸다. 우리 새끼들도 모색毛色이 다른 어미한테 맡길 것을 나는 울었다.

7

풍란風蘭이 풍기는 향기香氣, 꾀꼬리 서로 부르는 소리, 제주濟州 휘파람새 휘파람 부는 소리, 돌에 물이 따로 구르는 소리, 먼 데서 바다가 구길 때 쏴— 쏴— 솔소리, 물푸레 동백 떡갈나무 속에서 나는 길을 잘못 들었다가 다시 칡넝쿨 기어간 흰돌박이 고부랑길로 나섰다. 문득 마주친 아롱점말이 피避하지 않는다.

8

고비 고사리 더덕순 도라지꽃 취 삿갓나물 대풀 석이石茸 별과 같은 방울을 단 고산식물高山植物을 사귀며 취醉하며 자며 한다. 백록담白鹿潭 조찰한 물을 그리어 산맥山脈 위에서 짓는 행렬行列이 구름보다 장엄莊嚴하다. 소나기 놋날* 맞으며 무지개에 말리며 궁둥이에 꽃물 이겨 붙인 채로 살이 붓는다.

9

가재도 기지 않는 백록담白鹿潭 푸른 물에 하늘이 돈다. 불구不具에 가깝도록 고단한 나의 다리를 돌아 소가 갔다. 쫓겨 온 실구름 일말一抹에도 백록담白鹿潭

---

* 빗발이 죽죽 쏟아지는 모양.

은 흐린다. 나의 얼굴에 한나절 포긴 백록담白鹿潭은 쓸쓸하다. 나는 깨다 졸다 기도祈禱조차 잊었더니라.

비로봉

담쟁이
물들고,

다람쥐 꼬리
숱이 짙다.

산맥山脈 위의
가을 길—

이마 바르히
해도 향기로워

지팡이
잦은 맞음

흰 돌이
우놋다.

백화白樺 홀홀
허울 벗고,

꽃 옆에 자고

이는 구름,

바람에
아시우다.[*]

———————
* 사라지다.

구성동

골짝에는 흔히
유성流星이 묻힌다.

황혼黃昏에
누리가 소란히 쌓이기도 하고,

꽃도
귀양 사는 곳,

절터ㅅ더랬는데
바람도 모이지 않고

산山 그림자 설핏하면
사슴이 일어나 등을 넘어간다.

옥류동

골에 하늘이
따로 트이고,

폭포瀑布 소리 하잔히[*]
봄 우레를 울다.

날가지[**] 겹겹이
모란꽃잎 포기 이는 듯.

자위 돌아[***] 사폿 질 듯[****]
위태로이 솟은 봉오리들.

골이 속 속 접히어 들어
이내(청람晴嵐)가 새포롬 서그러거리는 숫도림.[*****]

꽃가루 묻힌 양 날아올라
나래 떠는 해.

---

[*] 잔잔하고 한가로이.
[**] 산의 곁줄기.
[***] 무거운 물건이 있던 자리에서 약간 움직이는 것.
[****] 사폿 가볍게 떨어질 듯.
[*****] 사람의 발길이 닿지 않는 외진 곳.

보랏빛 햇살이
폭幅지어 비껴 걸치이매,

기슭에 약초藥草들의
소란한 호흡呼吸!

들새도 날아들지 않고
신비神秘가 한껏 저자 선 한낮.

물도 젖어지지 않아
흰 돌 위에 따로 구르고,

다가 스미는 향기에
길초마다 옷깃이 매워라.

귀뚜리도
흠식한 양*

옴짓
아니 긴다.**

---

* 흠칫 놀란 양.
** 움직이지 않는다.

조찬

햇살 피어
이윽한* 후,

머흘 머흘
골을 옮기는 구름.

길경桔梗 꽃봉오리
흔들려 씻기우고.

차돌부리
촉 촉 죽순竹筍 돋듯.

물소리에
이가 시리다.

앉음새 가리어
양지쪽에 쪼그리고,

서러운 새 되어
흰 밥알을 쪼다.

────────
* 시간이 오래 지난 후.

비

돌에
그늘이 차고,

따로 몰리는
소소리바람.*

앞섰거니 하여
꼬리 치날리어 세우고,

종종 다리 까칠한
산山새 걸음걸이.

여울지어
수척한 흰 물살,

갈갈이
손가락 펴고.

멎은 듯
새삼 듣는** 빗날

_____

* 회오리바람.
** 떨어지는.

126 정지용

붉은 잎 잎
소란히 밟고 간다.

인동

노주인老主人의 장벽腸壁에
무시無時로 인동忍冬 삼긴* 물이 내린다.

자작나무 덩그럭 불이
도로 피어 붉고,

구석에 그늘지어
무가 순 돋아 파릇하고,

흙냄새 훈훈히 김도 사리다가
바깥 풍설風雪소리에 잠착하다.**

산중山中에 책력冊曆도 없이
삼동三冬이 하이얗다.

---

* 우려낸.
** 조용히 가라앉다.

붉은 손

어깨가 둥글고
머릿단이 칠칠히,
산山에서 자라거니
이마가 알빛같이 희다.

검은 버선에 흰 볼을 받아 신고
산山과일처럼 얼어 붉은 손,
길눈을 헤쳐
돌 틈에 트인 물을 따내다.

한줄기 푸른 연기 올라
지붕도 햇살에 붉어 다사롭고,
처녀는 눈 속에서 다시
벽오동碧梧桐 중허리 파릇한 냄새가 난다.

수줍어 돌아앉고, 철 아닌 나그네 되어,
서려 오르는 김에 낯을 비추며
돌 틈에 이상하기 하늘 같은 샘물을 기웃거리다.

꽃과 벗

석벽石壁 깎아지른
안돌이 지돌이,*
한나절 기고 돌았기
이제 다시 아슬아슬 하구나.

일곱 걸음 안에
벗은, 호흡呼吸이 모자라
바위 잡고 쉬며 쉬며 오를 제,
산山꽃을 따,
나의 머리며 옷깃을 꾸미기에,
오히려 바빴다.

나는 번인蕃人처럼 붉은 꽃을 쓰고,
약弱하여 다시 위엄威嚴스런 벗을
산山길에 따르기 한결 즐거웠다.

새소리 끊인 곳,
흰 돌 이마에 회돌아 서는 다람쥐 꼬리로
가을이 짙음을 보았고,

---

* 바위를 안고 도는 곳과 지고 도는 곳.

가까운 듯 폭포瀑布가 하잔히 울고,
메아리 소리 속에
돌아져 오는
벗의 부름이 더욱 고왔다.

삽시 엄습掩襲해 오는
빗낱을 피하여,
짐승이 버리고 간 석굴石窟을 찾아들어,
우리는 떨며 주림을 의논하였다.

백화白樺 가지 건너
짙푸르러 찡그린 먼 물이 오르자,
꽈리같이 붉은 해가 잠기고,
이제 별과 꽃 사이
길이 끊어진 곳에
불을 피우고 누웠다.

낙타駱駝털 키트에
구기인 채
벗은 이내 나비같이 잠들고,

높이 구름 위에 올라,
나룻이 잡힌 벗이 도리어
아내같이 예쁘기에
눈 뜨고 지키기 싫지 않았다.

폭포

산골에서 자란 물도
돌벼랑빡 낭떠러지에서 겁이 났다.

눈덩이 옆에서 졸다가
꽃나무 아래로 우정 돌아

가재가 기는 골짝
죄그만 하늘이 갑갑했다.

갑자기 호숩어지려니*
마음 조일 밖에.

흰 발톱 갈갈이
앙징스레도 할퀸다.

어쨌든 너무 재재거린다.
내려질리자 쭐뻣 물도 단번에 감수했다.

심심산천에 고사리밥
모조리 졸리운 날

────────
* 아래로 떨어지려니.

송화 가루
노랗게 날리네.

산수山水 따라온 신혼新婚 한 쌍
앵두같이 상기했다.

돌부리 뾰죽 뾰죽 무척 고부라진 길이
아기자기 좋아라 왔지!

하인리히 하이네 적부터
동그란 오오 나의 태양太陽도

겨우 끼리끼리의 발꿈치를
조롱 조롱 한 나절 따라왔다.

산간에 폭포수는 암만해도 무서워서
기엄 기엄 기며 내린다.

온정

   그대 함께 한 나절 벗어나온 그 머흔 골짜기   이제 바람이 차지하는다 앞낡*의 곱은 가지에 걸리어 바람 부는가 하니   창을 바로 치놋다   밤 이윽자 화롯불 아쉬워지고   촉불도 추위타는 양 눈썹 아사리느니**   나의 눈동자 한 밤에 푸르러 누은 나를 지키는다   푼푼한 그대 말씨 나를 이내 잠들이고 옮기셨는다   조찰한 베개로 그대 예시니   내사 나의 슬기와 외롬을 새로 고를 밖에!   땅을 쪼개고 솟아 고이는 태고로 하냥 더운 물   어둠 속에 홀로 지적거리고   성긴 눈이 별도 없는 거리에 날리어라.

---

* 나무의 고어.
** 움츠러들며 떨다.

삽사리

 그날 밤 그대의 밤을 지키던 삽사리 괴임직도 하이* 짙은 울 가시 사립 굳이 닫히었거니 덧문이오 미닫이오 안의 또 촛불 고요히 돌아 환히 새우었거니 눈이 키로 쌓인 고샅길 인기척도 아니하였거니 무엇에 후젓하던 맘 못 놓이길래 그리 짖었더라니 얼음 아래로 잔돌 사이 뚫노라 죄죄대던 개울물 소리 기어들세라 큰 봉을 돌아 둥그레 둥긋이 넘쳐오던 이윽달**도 선뜻 내려설세라 이저리 서대던*** 것이러냐 삽사리 그리 굴음직도 하이 내사 그댈새레**** 그대 것엔들 닿을 법도 하리 삽사리 짖다 이내 허울한 나룻 도사리고 그대 벗으신 고운 신 이마 위하며 자더니라.

* 사랑 받을 만도 하구나.
** 보름이 가까워 둥글게 된 달.
*** 이리저리 왔다 갔다 하며 나대던.
**** 그대는커녕.

나비

  시키지 않은 일이 서둘러 하고 싶기에   난로暖爐에 싱싱한 물푸레 갈아 지피고   등피燈皮 호 호 닦아 끼우어 심지 튀기니   불꽃이 새록 돋다   미리 떼고 걸고 보니 캘린더 이튿날 날자가 미리 붉다   이제 차츰 밟고 넘을 다람쥐 등솔기같이 구부레 벋어나갈 연봉連峰 산맥山脈 길 위에 아슬한 가을 하늘이여   초침秒針 소리 유달리 뚝딱거리는 낙엽落葉 벗은 산장山莊 밤   창窓 유리까지에 구름이 드뉘니* 후 두 두 두 낙수落水 짓는 소리   크기 손바닥만 한 어인 나비가 따악 붙어 들여다본다   가엾어라 열리지 않는 창窓   주먹 쥐어 징징 치니 날을 기식氣息도 없이 네 벽壁이 도리어 날개와 떤다   해발海拔 오천五千 척呎 위에 떠도는 한 조각 비 맞은 환상幻想   호흡呼吸하노라 서툴리** 붙어있는 이 자재화自在畵 한 폭幅은 활 활 불 피어 담기어 있는 이상스런 계절季節이 몹시 부러웁다   날개가 찢어진 채   검은 눈을 잔나비처럼 뜨지나 않을까 무서워라   구름이 다시 유리에 바위처럼 부서지며   별도 휩쓸려 내려가 산山 아래 어느 마을 위에 총총하뇨   백화白樺 숲 희부옇게 어정거리는 절정絶頂   부유스름하기 황혼黃昏같은 밤.

---

* 낮게 드리우니.
** 서투르게.

진달래

　한 골에서 비를 보고　한 골에서 바람을 보다　한 골에 그늘 딴 골에 양지 따로 따로 갈아 밟다　무지개 햇살에 빗걸린 골　산山벌떼 두름박 지어* 위잉 위잉 두르는 골　잡목雜木 수풀 누릇 불긋 어우러진 속에 감추여** 낮잠 듭신 칡범 냄새 가장자리를 돌아　어마 어마 기어 살아나온 골　상봉上峯에 올라 별보다 깨끗한 돌을 드니　백화白樺가지 위에 하도 푸른 하늘……포르르 풀매……　온 산중 홍엽紅葉이 수런수런 거린다　아랫절 불 켜지 않은 장방에 들어 목침을 달구어 발바닥 꼬아리를 슴슴 지지며　그제사 범의 욕을 그놈 저놈 하고 이내 누웠다　바로 머리맡에 물소리 흘리며 어느 한 곬으로 빠져 나가다가　난데없는 철 아닌 진달래 꽃 사태를 만나　나는 만신萬身을 붉히고 서다.

---

* 뒤웅박처럼 무리를 지어.
** 감추어져.

호랑나비

    화구畵具를 메고 산山을 첩첩疊疊 들어간 후   이내 종적踪跡이 묘연杳然하다
단풍丹楓이 이울고 봉峯마다 찡그리고 눈이 날고 영嶺 위에 매점賣店은 덧문 속
문이 닫히고 삼동三冬내— 열리지 않았다 해를 넘어 봄이 짙도록 눈이 처마
와 키가 같았다 대폭大幅 캔버스 위에는 목화木花송이 같은 한 떨기 지난해 흰
구름이 새로 미끄러지고 폭포瀑布소리 차츰 불고 푸른 하늘 되돌아서 오건만
구두와 안신이 나란히 놓인 채 연애戀愛가 비린내를 풍기기 시작했다 그날 밤
집집 들창마다 석간夕刊에 비린내가 끼치었다 박다* 태생胎生 수수한 과부寡婦
흰 얼굴이사 회양淮陽 고성高城 사람들끼리에도 익었건만 매점賣店 바깥주인
主人 된 화가畵家는 이름조차 없고 송화松花가루 노랗고 뻑 뻐꾹 고비 고사리
고부라지고 호랑나비 쌍을 지어 훨 훨 청산靑山을 넘고.

---

* 博多 : 일본의 항구 도시 하가다.

예장

　모닝코트에 예장禮裝을 갖추고　　대만물상大萬物相에 들어간 한 장년신사壯年紳
士가 있었다　　구만물舊萬物 위에서 아래로 내려뛰었다　　윗저고리는 내려가다
가 중간 솔가지에 걸리어 벗겨진 채 와이샤쓰 바람에 넥타이가 다칠세라 납죽
이 엎드렸다　　한겨울 내— 흰 손바닥 같은 눈이 내려와 덮어 주곤 주곤 하였
다　　장년壯年이 생각하기를 "숨도 아이에 쉬지 않아야 춥지 않으리라"고　　주
검다운 의식儀式을 갖추어 삼동三冬 내— 부복俯伏하였다　　눈도 희기가 겹겹이
예장禮裝같이　　봄이 짙어서 사라지다.

선취

해협海峽이 일어서기로만 하니깐
배가 한사코 기어오르다 미끄러지곤 한다.

괴롬이란 참지 않아도 겪어지는 것이
주검이란 죽을 수 있는 것 같이.

뇌수腦髓가 튀어나오려고 지긋지긋 견딘다.
꼬꼬댁 소리도 할 수 없이

얼빠진 장닭처럼 건들거리며 나가니
갑판甲板은 거북등처럼 뚫고 나가는데 해협海峽이 업히려고만 한다.

젊은 선원船員이 숫제 하모니카를 불고 섰다.
바다의 삼림森林에서 태풍颱風이나 만나야 감상感傷할 수 있다는 듯이

암만 가려 디딘대도 해협海峽은 자꾸 꺼져 들어간다.
수평선水平線이 없어진 날 단말마斷末魔의 신혼여행新婚旅行이여!

오직 한낱 의무義務를 찾아내어 그의 선실船室로 옮기다.
기도祈禱도 허락되지 않는 연옥煉獄에서 심방尋訪하려고

계단階段을 내리려니깐

계단階段이 올라온다.

도어를 부둥켜안고 기억記憶할 수 없다.
하늘이 죄어들어 나의 심장心臟을 짜노라고

영양令孃은 고독孤獨도 아닌 슬픔도 아닌
올빼미 같은 눈을 하고 체모에 기고 있다.*

애련愛憐을 베풀까 하면
즉시 구토嘔吐가 재촉된다.

연락선連絡船에는 일체로 간호看護가 없다.
징을 치고 뚜우 뚜우 부는 외에

우리들의 짐짝 트렁크에 이마를 대고
여덟 시간 내— 간구懇求하고 또 울었다.

* 체면을 차리느라고 고생을 하고 있다.

유선애상

생김생김이 피아노보담 낫다.
얼마나 뛰어난 연미복燕尾服 맵시냐.

산뜻한 이 신사紳士를 아스팔트 위로 곤돌라*인 듯
몰고들 다니길래 하도 딱하길래 하루 청해 왔다.

손에 맞는 품이 길이 아주 들었다.
열고 보니 허술히도 반음半音 키—가 하나 남았더라.

줄창 연습練習을 시켜도 이건 철로판에서 밴 소리로구나.
무대舞臺로 내보낼 생각을 아예 아니했다.

애초 달랑거리는 버릇 때문에 궂은 날 막 잡아 부렸다.
함초롬 젖어 새초롬하기는새레** 회회 떨어 다듬고 나선다.

대체 슬퍼하는 때는 언제길래
아장아장 팩팩거리기가 위주냐.

허리가 모조리 가늘어지도록 슬픈 행렬行列에 끼어
아주 천연스레 굴든 게 옆으로 솔쳐나자 —***

---

* 베니스의 명물인 gondola.
** 새침해지기는커녕.
*** 빠져나오자.

춘천春川 삼백 리三百里 벼룻길*을 냅다 뽑는데
그런 상장喪章을 두른 표정表情은 그만하겠다고 꽥– 꽥–

몇 킬로 휘달리고 나서 거북처럼 흥분興奮한다.
징징거리는 신경神經 방석 위에 소스듬** 이대로 견딜 밖에.

쌍쌍이 날아오는 풍경風景들을 뺨으로 헤치며
내처 살폿 엉긴 꿈을 깨어 진저리를 쳤다.

어느 화원花園으로 꾀어내어 바늘로 찔렀더니만
그만 호접蝴蝶같이 죽더라.

―――――
* 벼랑길. 낭떠러지에 난 위험한 길.
** 그런대로 잠깐.

춘설

문 열자 선뜻!
먼 산이 이마에 차라.

우수절雨水節 들어
바로 초하루 아침,

새삼스레 눈이 덮인 멧부리와
서늘옵고 빛난 이마받이 하다.

얼음 금 가고 바람 새로 따르거니
흰 옷고름 절로 향기로워라.

옹송그리고* 살아난 양이
아아 꿈같기에 설어라.

미나리 파릇한 새순 돋고
옴짓 아니 기던** 고기 입이 오물거리는,

꽃 피기 전 철 아닌 눈에
핫옷*** 벗고 도로 춥고 싶어라.

---
* 몸을 작게 옹그리고.
** 움직이지 않던.
*** 솜을 넣은 겨울 옷.

소곡

물새도 잠들어 깃을 사리는
이 아닌 밤에,

명수대明水臺 바위 틈 진달래 꽃
어찌면 타는 듯 붉으뇨.

오는 물, 가는 물,
내처 보내고, 헤어질 물

바람이사 애초 못 믿을 손,
입 맞추곤 이내 옮겨가네.

해마다 제철이면
한 등걸에 핀다기소니,

들새도 날아와
애닯다 눈물짓는 아침엔,

이울어 하롱하롱 지는 꽃잎,
설지 않으랴, 푸른 물에 실려 가기,

아깝고야, 아기자기

한창인 이 봄밤을,

촛불 켜들고 밝히소.
아니 붉고 어찌료.

파라솔

연蓮잎에서 연잎 내가 나듯이
그는 연蓮잎 냄새가 난다.

해협海峽을 넘어 옮겨다 심어도
푸르리라, 해협海峽이 푸르듯이.

불시로 상기되는 뺨이
성이 가시다, 꽃이 스스로 괴롭듯.

눈물을 오래 어리우지 않는다.
윤전기輪轉機 앞에서 천사天使처럼 바쁘다.

붉은 장미薔薇 한 가지 고르기를 평생 삼가리,
대개 흰 나리꽃으로 선사한다.

원래 벅찬 호수湖水에 날아들었던 것이라
어차피 헤기는 헤어나간다.

학예회學藝會 마지막 무대舞臺에서
자폭自暴스런 백조白鳥인 양 흥청거렸다.

부끄럽기도 하나 잘 먹는다

끔찍한 비프스테이크 같은 것도!

오피스의 피로疲勞에
태엽처럼 풀려왔다.

램프에 갓을 씌우자
도어를 안으로 잠갔다.

기도祈禱와 수면睡眠의 내용內容을 알 길이 없다.
포효咆哮하는 검은 밤, 그는 조란鳥卵처럼 희다.

구기어지는 것 젖는 것이
아주 싫다.

파라솔같이 차곡 접히기만 하는 것은
언제든지 파라솔같이 펴기 위하여 —

별

창窓을 열고 눕다.
창窓을 열어야 하늘이 들어오기에.

벗었던 안경眼鏡을 다시 쓰다.
일식日蝕이 개고 난 날 밤 별이 더욱 푸르다.

별을 잔치하는 밤
흰 옷과 흰 자리로 단속하다.

세상에 아내와 사랑이란
별에서 치면 지저분한 보금자리.

돌아누워 별에서 별까지
해도海圖 없이 항해航海하다.

별도 포기 포기 솟았기에
그 중 하나는 더 횟지고

하나는 갓 낳은 양
여릿여릿 빛나고

하나는 발열發熱하여

붉고 떨고

바람엔 별도 쓸리다
회회 돌아 살아나는 촉燭불!

찬물에 씻기어
사금砂金을 흘리는 은하銀河!

마스트 아래로 섬들이 항시 달려 왔었고
별들은 우리 눈썹 기슭에 아스름 항구港口가 그립다.

대웅성좌大熊星座가
기웃이 도는데!

청려淸麗한 하늘의 비극悲劇에
우리는 숨소리까지 삼가다.

이유理由는 저 세상에 있을지도 몰라
우리는 저마다 눈 감기 싫은 밤이 있다.

잠자기 노래 없이도
잠이 들다.

슬픈 우상

이 밤에 안식安息하시옵니까.

 내가 홀로 속엣소리로 그대의 기거起居를 문의問議할삼어도* 어찌 홀한 말로 붙일 법도 한 일이오니까.

 무슨 말씀으로나 좀 더 높일 만한 좀 더 그대께 마땅한 언사言辭가 없사오리까.

 눈감고 자는 비둘기보다도, 꽃 그림자 옮기는 겨를에 여미며 자는 꽃봉오리보다도, 어여뻬 자시올 그대여!

 그대의 눈을 들어 풀이하오리까.
 속속들이 맑고 푸른 호수湖水가 한 쌍.
 밤은 함폭 그대의 호수湖水에 깃들이기 위하야 있는 것이오리까.
 내가 감히 금성金星 노릇하여 그대의 호수湖水에 잠길 법도 한 일이오리까.

 단정히 여미신 입시울, 오오, 나의 예禮가 혹시 흐트러질까 하여 다시 가다듬고 풀이하겠나이다.

 여러 가지 연유가 있사오나 마침내 그대를 암표범처럼 두리고** 엄위嚴威롭게 우러르는 까닭은 거기 있나이다.
 아직 남의 자취가 놓이지 못한, 아직도 오를 성봉聖峯이 남아있을 양이면, 오

---

* 문의한다 하더라도.
** 두려워하고.

직 하나일 그대의 눈(眸)에 더 희신 코, 그러기에 불행하시게도 계절季節이 난만爛漫할지라도 항시 고산식물高山植物의 향기 외에 맡으시지 아니하시옵니다.

경건敬虔히도 조심조심히 그대의 이마를 우러르고 다시 뺨을 지나 그대의 흑단黑檀빛 머리에 겨우겨우 숨으신 그대의 귀에 이르겠나이다.

희랍希臘에도 이오니아 바닷가에서 본 적도 한 조개껍질, 항시 듣기 위한 자세姿勢이었으나 무엇을 들음인지 알 리 없는 것이었나이다.

기름 같이 잠잠한 바다, 아주 푸른 하늘, 갈매기가 앉아도 알 수 없이 흰 모래, 거기 아무 것도 들릴 것을 찾지 못한 적에 조개껍질은 한갈로* 듣는 귀를 잠착히 열고 있기에 나는 그때부터 아주 외로운 나그네인 것을 깨달았나이다.

마침내 이 세계는 비인 껍질에 지나지 아니한 것이, 하늘이 씌우고 바다가 돌고 하기로서니 그것은 결국 딴 세계의 껍질에 지나지 아니 하였습니다.

조개껍질이 잠착히** 듣는 것이 실로 다른 세계의 것이었음에 틀림없었거니와 내가 어찌 서럽게 돌아서지 아니할 수 있었겠습니까.
바람소리도 아무 뜻을 이루지 못하고 그저 겨우 어눌한 소리로 떠돌아다닐 뿐이었습니다.

그대의 귀에 가까이 내가 방황彷徨할 때 나는 그저 외로이 사라질 나그네에 지나지 아니하옵니다.
그대의 귀는 이 밤에도 다만 듣기 위한 맵시로만 열리어 계시기에!

---

* 한결같이.
** 조용히 골몰해서.

이 소란한 세상에서도 그대의 귓기슭을 둘러 다만 주검같이 고요한 이오니 아바다를 보았음이로소이다.

이제 다시 그대의 깊고 깊으신 안으로 감敢히 들겠나이다.

심수한 바다 속 속에 온갖 신비神秘로운 산호珊瑚를 간직하듯이 그대의 안에 가지가지 귀하고 보배로운 것이 갖추어 계십니다.
먼저 놀라울 일은 어쩌면 그렇게 속속들이 좋은 것을 지니고 계신 것이옵니까.

심장心臟, 얼마나 진기珍奇한 것이옵니까.
명장名匠 희랍希臘의 손으로 탄생誕生한 불세출不世出의 걸작傑作인 뮤즈로도 이 심장心臟을 차지 못 하고 나온 탓으로 마침내 미술관美術館에서 슬픈 세월歲月을 보내고 마는 것이겠는데 어쩌면 이러한 것을 가지신 것이옵니까.
생명生命의 성화聖火를 끊임없이 나르는 백금白金보다도 값진 도가니인가 하오면 하늘과 따의 유구悠久한 전통傳統인 사랑을 모시는 성전聖殿인가 하옵니다.

빛이 항상 농염濃艶하게 붉으신 것이 그러한 증좌證左로소이다.
그러나 간혹 그대가 세상에 향하사 창窓을 여실 때 심장心臟은 수치羞恥를 느끼시기 가장 쉽기에 영영 안에 숨어버리신 것이로소이다.

그 외에 폐肺는 얼마나 화려華麗하고 신선新鮮한 것이오며 간肝과 담膽은 얼마나 요염妖艶하고 심각深刻하신 것이옵니까.

그러나 이들을 지나치게 빛깔로 의논할 수 없는 일이옵니다.

그 외에 그윽한 골 안에 흐르는 시내요 신비神秘한 강으로 풀이할 것도 있으

시오나 대강 섭렵涉獵하야 지나옵고,

해가 솟는 듯 달이 뜨는 듯 옥토끼가 조는 듯 뛰는 듯 미묘美妙한 신축伸縮과
만곡彎曲을 가진 적은 언덕으로 비유할 것도 둘이 있으십니다.

이러 이러하게 그대를 풀이하는 동안에 나는 미궁迷宮에 든 낯선 나그네와 같
이 그만 길을 잃고 헤매겠나이다.

그러나 그대는 이미 모이시고 옴치시고 마련되시고 배치配置와 균형均衡이 완
전完全하신 한 덩이로 계시어 상아象牙와 같은 손을 여미시고 발을 고귀高貴하
게 포기시고 계시지 않습니까.

그리고 지혜智慧와 기도祈禱와 호흡呼吸으로 순수純粹하게 통일統一하셨나이다.
그러나 완미完美하신 그대를 풀이하올 때 그대의 위치位置와 주위周圍를 또한
반성反省치 아니할 수 없나이다.

거듭 말씀이 번거로우나 원래 이 세상은 비인 껍질같이 허탄하온데 그중에
도 어찌하사 고독孤獨의 성사城舍를 차정差定하여 계신 것이옵니까.
그러고도 다시 명철明澈한 비애悲哀로 방석을 삼아 누워 계신 것이옵니까.

이것이 나로는 매우 슬픈 일이기에 한밤에 짖지도 못하올 암담暗澹한 삽살개
와 같이 창백蒼白한 찬 달과 함께 그대의 고독孤獨한 성사城舍를 돌고 돌아 수직
守直하고 탄식嘆息하나이다.

불길不吉한 예감豫感에 떨고 있노니 그대의 사랑과 고독孤獨과 정진精進으로 인
因하야 그대는 그대의 온갖 미美와 덕德과 화려華麗한 사지四肢에서, 오오,

그대의 전아典雅 찬란燦爛한 괴체塊體에서 탈각脫却하시어 따로 따기실* 아침이 머지않아 올까 하옵니다.

　　그날 아침에도 그대의 귀는 이오니아 바닷가의 흰 조개껍질같이 역시 듣는 맵시로만 열고 계시겠습니까.

　　흰 나리꽃으로 마지막 장식裝飾을 하여 드리고 나도 이 이오니아 바닷가를 떠나겠습니다.

─────────
* 옮겨가실.

작품집 미수록시

파충류동물

시커먼 연기와 불을 뱉으며
소리 지르며 달아나는
괴상하고 거―창한 파충류동물爬蟲類動物.

그년에게
내 동정童貞의 결혼結婚반지를 찾으러 갔더니만
그 큰 궁둥이로 떼밀어

　　…털 크 덕…털 크 덕…

나는 나는 슬퍼서 슬퍼서
심장心臟이 되고요

옆에 앉은 소노서아小露西亞 눈알 푸른 시약시
　"당신은 지금 어드메로 가십나?"

　　…털크덕…털크덕…털크덕…

그는 슬퍼서 슬퍼서
담낭膽囊이 되고요

저 기―다란 짱꼴라는 대장大腸.

뒤처졌는 왜놈은 소장小腸.

"이이! 저 다리 털 좀 보아!"

털크덕…털크덕…털크덕…털크덕…

유월六月달 백금 태양白金太陽 내리쪼이는 밑에

부글부글 끓어오르는 소화기관消化器管의 망상妄想이어!

자토* 잡초雜草 백골白骨을 짓밟으며

둘둘둘둘둘둘 달아나는

굉장하게 기―다란 파충류동물爬蟲類動物.

---

* 赭土 : 붉은 흙.

'마음의 일기'에서
—시조 아홉 수首

큰 바다 앞에 두고 흰 날빛 그 밑에서
한 백년 잠자다 겨우 일어나노니
지난 세월 그마만치만 긴 하품을 하야만.

　　　×××

아이들 총중에서* 성나신 장님 막대
함부로 내두르다 뺏기고 말았것다
얼굴 붉은 이 친구분네 말씀하는 법이다.

　　　×××

창자에 처져 있는 기름을 씻어내고
너절한 볼따구니 살덩이 떼어내라
그리고 피스톨 알처럼 덤벼들라 싸우자!

　　　×××

참새의 가슴처럼 기뻐 뛰어 보자니

----

* 무리 중에서.

성내인 사자처럼 부르짖어 보자니
빙산氷山이 풀어질 만치 손을 잡아 보자니.

     × × ×

시그널 기운 뒤에 갑자기 조이는 맘
그대를 실은 차가 하마산을 돌아오리
온단다 온단단다나 온다온다 온단다.

     × × ×

"배암이 그다지도 무서우냐 내 님아"
내 님은 몸을 떨며 "뱀만은 싫어요"
꽈리같이 새빨간 해가 넘어가는 풀밭 위.

     × × ×

이즈음 이슬(露)이란 아름다운 그 말을
글에도 써본 적이 없는가 하노니
가슴에 이실이 이실이 아니 내림이어라.

     × × ×

이 밤이 깊을수록 이 마음 가늘어서
가느단 차디찬 바늘은 있으려니
실이 없어 물들인 실이 실이 없어 하노라.

162 정지용

×××

한 백년 진흙 속에 묻혔다 나온 듯.
게(蟹)처럼 옆으로 기어가 보노니
머―ㄴ 푸른 하늘 아래로 가이 없는 모래밭.

옛이야기 구절

집 떠나가 배운 노래를
집 찾아오는 밤
논둑길에서 불렀노라.

나가서도 고달프고
돌아와서도 고달팠노라.
열네 살부터 나가서 고달팠노라.

나가서 얻어온 이야기를
닭이 울도록,
아버지께 이르노니—

기름불은 깜박이며 듣고,
어머니는 눈에 눈물을 고이신 대로 듣고
이치대던* 어린 누이 안긴 대로 잠들며 듣고
윗방 문설주에는 그 사람이 서서 듣고,

큰 독 안에 실린 슬픈 물같이
속살대는 이 시골 밤은
찾아온 동네사람들처럼 돌아서서 듣고,

---

* 칭얼대며 성가시게 하던.

─그러나 이것이 모두 다
그 예전부터 어떤 시원찮은 사람들이
끝 잇지 못하고 그대로 간 이야기어니

이 집 문고리나, 지붕이나,
늙으신 아버지의 착하디착한 수염이나,
활처럼 휘어다 붙인 밤하늘이나,

이것이 모두 다
그 예전부터 전하는 이야기 구절일러라.

우리나라 여인들은

우리나라 여인들은 오월五月달이로다. 기쁨이로다.
여인들은 꽃 속에서 나오도다. 짚단 속에서 나오도다.
수풀에서, 물에서, 뛰어나오도다.
여인들은 산과실山果實처럼 붉도다.
바다에서 주운 바둑돌 향기로다.
난류暖流처럼 따뜻하도다.
여인들은 양羊에게 푸른 풀을 먹이는도다.
소에게 시냇물을 마시우는도다.
오리 알, 흰 알을, 기르는도다.
여인들은 원앙鴛鴦새 수를 놓도다.
여인들은 맨발벗기를 좋아하도다. 부끄러워하도다.
여인들은 어머니 머리를 가르는도다.
아버지 수염을 자랑하는도다. 놀려대는도다.
여인들은 생률生栗도, 호도胡桃도, 딸기도, 감자도, 잘 먹는도다.
여인들은 팔굽이가 동글도다. 이마가 희도다.
머리는 봄풀이로다. 어깨는 보름달이로다.
여인들은 성城 위에 서도다. 거리로 달리도다.
공회당公會堂에 모이도다.
여인들은 소프라노로다 바람이로다.
흙이로다. 눈이로다. 불이로다.
여인들은 까아만 눈으로 인사하는도다.
입으로 대답하는도다.

유월볕 한낮에 돌아가는 해바라기 송이처럼,

하나님께 숙이도다.

여인들은 푸르다. 사철나무로다.

여인들은 우물을 깨끗이 하도다.

점심밥을 잘 싸 주도다. 수통에 더운 물을 담아주도다.

여인들은 시험관試驗管을 비추도다. 원圓을 그리도다. 선선線을 치도다.

기상대氣象臺에 붉은 기旗를 달도다.

여인들은 바다를 좋아하도다. 만국지도萬國地圖를 좋아하도다.

나라 지도가 무슨 ××로 ×한 지를 아는도다.

무슨 물감으로 물들일 줄을 아는도다.

여인들은 산山을 좋아하도다. 망원경望遠鏡을 좋아하도다.

거리距離를 측정測定하도다. 원근遠近을 조준照準하도다.

×××로 서도다. ××하도다.

여인들은 ××와 자유와 기旗ㅅ발 아래로 비둘기처럼 흩어지도다.

××와 ××와 기旗ㅅ발 아래로 참벌떼처럼 모여들도다.

우리 ×× 여인들은 ×××이로다. 햇빛이로다.

—1928. 1. 1.

바다 1

바다는
푸르오.
모래는 희오. 희오.
수평선 위에
살포—시 내려앉는
정오 하늘.
한가운데 돌아가는 태양.
내 영혼도
이제
고요히 고요히 눈물겨운 백금 팽이를 돌리오.

바다 2

흰 구름
피어오르오,
내음새 좋은 바람
하나 찼소.
미역이 휙지고
소라가 살 오르고
아아, 생강즙같이
맛들은 바다.
이제
칼날 같은 상어를 본 우리는
뱃머리로 달려 나갔소.
구멍 뚫린 붉은 돛폭 퍼덕이오
힘은 모조리 팔에!
창끝은 꼭 바로!

승리자 김안드레아

방제각方濟各

새남터 우거진 뽕잎 아래 서서
옛 어른이 실로 보고 일러주신 한 거룩한 이야기
앞에 돌아나간 푸른 물굽이가 이 땅과 함께 영원하다면
이는 우리 겨레와 함께 끝까지 빛날 기억이로다.

일천팔백사십육 년 구 월 십육 일 一千八百四十六年九月十六日
방포 취타하고* 포장이 앞서 나가매
무수한 흰옷 입은 백성이 결진한 곳에
이미 좌깃대**가 높이 살기롭게 솟았더라.

이 지겹고 흉흉하고 나는 새도 자취를 감출 위풍이 떨치는 군세는
당시 청국 바다에 뜬 법국 병선 대도독 세시리오와
그의 막하 수백을 사로잡아 문죄함이런가?

대체 무슨 사정으로 이러한 어명이 내리었으며
이러한 대국권이 발동하였던고?
혹은 사직의 안위를 범한 대역도나 다스림이었던고?

실로 군소리도 없는 앓는 소리도 없는 뿔도 없는

---

* 放砲 吹打하고, 포를 쏘고 악기를 연주한다는 뜻.
** 관아의 벼슬아치가 공무를 처리할 때 세우는 깃발.

조찰한 피를 담은 한 '양羊'의 목을 베이기 위함이었도다.
지극히 유순한 '양羊'이 제대에 오르매
마귀와 그의 영화를 부수기에 백 천의 사자떼보다도 더 영맹하였도다.

대성전 장막이 찢어진 제 천유여년이었건만
아직도 새로운 태양의 소식을 듣지 못한 죽음 그늘에 잠긴 동방일우에
또 하나 '갈와리아 산상의 혈제' 여!

오오 좌깃대에 목을 높이 달리우고
다시 열두 칼날의 수고를 덜기 위하여 몸을 틀어 대인
오오 지상의 천신 안드레아 김신부!

일찍이 천주를 알아 사랑한 탓으로 아버지의 위태한 목숨을 뒤에 두고
그의 외로운 어머니마저 홀로 철화 사이에* 숨겨두고
처량히 국금과 국경을 벗어 나아간 소년 안드레아!

오문부 이역한 등에서 오로지 천주의 말씀을 배우기에 침식을 잊은 신생 안드레아!

빙설과 주림과 썰매에 몸을 붙이어 요야천리를 건너며
악수와 도적의 밀림을 지나 굳이 막으며 죽이기로만 꾀하던
조국 변문을 네 번째 두드린 부제 안드레아!

황해의 거친 파도를 한짝 목선으로 넘어 (오오 위태한 영적!)

---

* 鐵火 사이에, 전쟁의 와중에.

불같이 사랑한 나라 땅을 밟은 조선 성직자의 장형 안드레아!

포악한 치도곤 아래 조찰한 **뼈**를 부술지언정
감사에게 '소인'을 바치지 아니한 오백년 청반의 후예 안드레아 김대건!

나라와 백성의 영혼을 사랑한 값으로
극죄에 결안한 관장*을 위하여
그의 승직을 기구한** 관후장자 안드레아!

표양***이 능히 옥졸까지 놀래인 청년성도 안드레아!

재식이 고금을 누르고
보람도 없이 정교한 세계지도를 그리어
군주와 관장의 눈을 연 나라의 산 보배 안드레아!

형상의 이슬로 사라질 때까지도
오히려 성교를 가르친 선목자 안드레아!

두 귀에 화살을 박아 체구 그대로 십자가를 이룬 치명자 안드레아!

성주 예수 받으신 성면오독을 보람으로
얼굴에 물과 회를 받은 수난자 안드레아!
성주 예수 성분의 수위를 받으신 그대로 받은 복자 안드레아!

---

* 極罪에 結案한 官長, 사형을 결정한 관가의 우두머리.
** 昇職을 祈求한, 벼슬이 오르기를 기원한.
*** 表樣 겉 모습.

성주 예수 받으신 거짓 결안을 따라 거짓 결안으로 죽은 복자 안드레아!

오오 그들은 악한 권세로 죽인
그의 시체까지도 차지하지 못한 그날
거룩한 피가 이미 이 나라의 흙을 조찰히 씻었도다.
외교*의 거친 덤불을 밟고 자라나는
주의 포도 다래가
올해에 십삼만+三萬 송이!

오오 승리자 안드레아는 이렇듯이 이기었도다.

---

* 外敎. 다른 이단의 종교.

천주당

열없이 창窓까지 걸어가 묵묵默默히 서다.
이마를 식히는 유리쪽은 차다.
무료無聊히 씹히는 연필鉛筆 꽁지는 떫다.
나는 나의 회화주의繪畵主義를 단념斷念하다.

도굴

  백일치성百日致誠 끝에 산삼山蔘은 이내 나서지 않았다   자작나무 화톳불에 화
끈 비추우자   도라지 더덕 취싹 틈에서 산삼山蔘 순은 몸짓을 흔들었다.   심캐
기 늙은이는 엽초葉草순 써레기 피어 물은 채 돌을 베고   그날 밤에사 산삼山蔘
이 담속 불거진 가슴패기에   앙증스럽게 후취后娶감어리처럼* 당홍唐紅치마를
두르고 안기는 꿈을 꾸고 났다   모탯불 이운 듯 다시 살아난다.   경관警官의
한쪽 찌그린 눈과 빠안한 먼 불 사이에 총銃 겨냥이 조옥 섰다.   별도 없이 검
은 밤에 화약火藥불이 당홍唐紅 물감처럼 고왔다   다람쥐가 도로로 말려 달아
났다.

---

* 후첫감처럼.

창

나래 붉은 새도
오지 않는
하루가 저물다

고드름 지어 언 가지
내려앉은 하늘에 찔리고

별도 잠기지 않은 옛 못 위에
연蓮대 마른 대로 바람에 울고

먼 들에
쥐불마저 일지 않고

풍경도
사치롭기로
오로지 가시인 후

나의 창窓
어둠이 도리어
깁과 같이 고와지라

이토

낳아 자란 곳 어디거니
묻힐 데를 밀어 나가자

꿈에서처럼 그립다 하랴
따로 지닌 고향이 미신이리

제비도 설산을 넘고
적도 직하에 병선이 이랑을 갈 제

피었다 꽃처럼 지고 보면
물에도 무덤은 선다

탄환 찔리고 화약 싸아 한
충성과 피로 고와진 흙에

싸움은 이겨야만 법이요
씨를 뿌림은 오랜 믿음이라

기러기 한 형제 높이 줄을 맞추고
햇살에 일곱 식구 호미 날을 세우자

그대들 돌아오시니

(재외혁명동지在外革命同志에게)

백성과 나라가
이적夷狄에 팔리우고
국사國祠에 사신邪神이
오연傲然히 앉은 지
죽음보다 어두운
오호嗚呼 삼십육 년三十六年!

그대들 돌아오시니
피 흘리신 보람 찬란燦爛히 돌아오시니!

허울 벗기우고
외오* 돌아섰던
산山하! 이제 바로 돌아지라.
자취 잃었던 물
옛 자리로 새 소리 흘리어라.

그대들 돌아오시니
피 흘리신 보람 찬란燦爛히 돌아오시니!

---

* 그릇되게.

밭이랑 무니우고*
곡식 앗아가고
이바지 하올 가음마저 없어
금의錦衣는커니와
전진戰塵 떨리지 않은
융의** 그대로 뵈일 밖에!

그대들 돌아오시니
피 흘리신 보람 찬란燦爛히 돌아오시니!

사오나온 말굽에
일가친척 흩어지고
늙으신 어버이, 어린 오누이

상기 불현듯 기다리는 마을마다
그대 어이 꽃을 밟으시리
가시덤불, 눈물로 헤치시라.

그대들 돌아오시니
피 흘리신 보람 찬란燦爛히 돌아오시니!

---

* 무너지게 하고.
** 戎衣 : 전쟁터의 군복.

애국의 노래

옛적 아래 옳은 도리道理
삼십육 년三十六年 피와 눈물
나중까지 견뎠거니
자유自由 이제 바로 왔네

동분서치東奔西馳 혁명동지革命同志
밀림密林속의 백전의병百戰義兵
독립군獨立軍의 총銃부리로
세계탄환世界彈丸 쏘았노라

왕王이 없이 살았건만
정의正義만을 모시었고
신의信義로서 맹방盟邦 얻어
희생犧牲으로 이기었네

적敵이 바로 항복降伏하니
석기石器 적의 어린 신화神話
어촌漁村으로 돌아가고
동東과 서西는 이제 형제兄弟

원수 애초 맺지 말고
남의 손짓 미리 막아

우리끼리 굳셀 뿐가
남의 은혜恩惠 잊지 마세

진흙 속에 묻혔다가
하늘에도 없어진 별
높이 솟아 나래 떨 듯
우리나라 살아났네

만국萬國 사람 우러보아
누가 일러 적다 하리
뚜렷하기 그지없어
온 누리가 한눈일네

곡마단

소개疏開 터
눈 위에도
춥지 않은 바람

클라리오넷이 울고
북이 울고
천막이 후두둑거리고
기旗가 날고
야릇이도 설고 흥청스러운 밤

말이 달리다
불 테를 뚫고 넘고
말 위에
계집아이 뒤집고

물개
나팔 불고

그네 뛰는 게 아니라
까아만 공중空中 눈부신 땅재주!

감람甘藍 포기처럼 싱싱한

계집아이의 다리를 보았다

역기선수力技選手 팔짱 낀 채
외발 자전차自轉車 타고

탈의실脫衣室에서 애기가 울었다
초록草綠 리본 단발斷髮머리짜리*가 드나들었다

원숭이
담배에 성냥을 켜고

방한모防寒帽 밑 외투外套 안에서
나는 사십 년 전四十年前 처량凄凉한 아이가 되어
내 열 살보다
어른인
열여섯 살 난 딸 옆에 섰다
열 길 솟대가 계집아이 발바닥 위에 돈다
솟대 꼭두에 사내 어린아이가 거꾸로 섰다
거꾸로 선 아이 발 위에 접시가 돈다
솟대가 주춤 한다
접시가 뛴다 아슬 아슬

클라리오넷이 울고
북이 울고

---

* 단발머리 차림의 사람.

가죽 잠바 입은 단장團長이
이욧! 이욧! 격려激勵한다

방한모防寒帽 밑 외투外套 안에서
위태危殆 천만千萬 나의 마흔아홉 해가
접시 따라 돈다 나는 박수拍手한다.

사사조四四調 오수五首

늙은 범

늙은 범이
내고 보니
네 앞에서
아버진 듯
앉았구나
내가 설령
아버진들
네 앞에야
범인 듯이
안 앉을까?
어찌 자노?
어찌 자노?

네 몸매

내가 바로
네고 보면
섣달 들어
긴 긴 밤에
잠 한숨도
못 들겠다
네 몸매가
하도 고와
네가 너를
귀이노라

꽃분

네 방까지
오간五間 대청
섣달 추위
어험 섰다[*]
네가 통통
걸어가니
꽃분만치
무겁구나

---

* 어험하고 위엄을 부리며 섰다.

산달

산山달 같은
네로구나
널로 내가
태胎지 못해
토끼 같은
내로구나
얼었다가
잠이 든다

나비

내가 인제
나비같이
죽겠기로
나비같이
날아왔다
검정 비단
네 옷 가에
앉았다가
창(窓) 훤하니
날아간다

수필

밤

　우리 서재에는 좀 고전스러운 양장 책이 있을 만치보다는 더 많이 있다고—그렇게 여기시기를.

　그리고 키를 꼭꼭 맞춰 줄을 지어 엄숙하게 들어 끼어 있어 누구든지 꺼내어 보기에 조심성스런 손을 몇 번씩 들여다보도록 서재의 품위를 우리는 유지합니다. 값진 도기陶器는 꼭 음식을 담아야 하나요? 마찬가지로 귀한 책은 몸에 병을 지니듯이 암기하고 있어야 할 이유도 없습니다. 성서와 함께 멀리 떼어놓고 생각만 하여도 좋고 엷은 황혼이 차차 짙어갈 제 서적의 밀집부대 앞에 등을 향하고 고요히 앉았기만 함도 교양의 심각한 표정이 됩니다. 나는 나대로 좋은 생각을 마주 대할 때 페이지 속에 문자는 문자끼리 좋은 이야기를 이어 나가게 합니다. 숨은 별빛이 얼키설키듯이 빛나는 문자끼리의 이야기…… 이 귀중한 인간의 유산을 금자金字로 표장表裝하여야 합니다.

　레오 톨스토이가(그 사람 말을 잡아 피를 마신 사람!) 주름살 잡힌 인생관을 페이지 속에서 설교하거든 그러한 책은 잡초를 뽑아내듯 합니다.

　책이 뽑히어 나온 빈 곳 그러한 곳은 그렇게 적막한 공동이 아닙니다. 가여운 계절의 다변자 귀뚜리 한 마리가 밤샐 자리로 주어도 좋습니다.

우리의 교양에도 가끔 이러한 문자가 뽑히어 나간 공동 안의 빈 하늘이 열리어야 합니다.

※

어느 겨를에 밤이 함폭 들어와 차지하고 있습니다. "밤이 온다"— 이러한 우리가 거리에서 쓰는 말로 이를지면 밤은 반드시 딴 곳에서 오는 손님이외다. 겸허한 그는 우리의 앉은 자리를 조금도 다치지 않고 소란치 않고 거룩한 신부의 옷자락 소리 없는 걸음으로 옵니다. 그러나 큰 독에 물과 같이 충실히 차고 넘칩니다. 그러나 어쩐지 적막한 손님이외다. 이야말로 거대한 문자가 뽑히어 나간 공동에 임하는 상장喪章이외다.

나의 걸음을 따르는 그림자를 볼 때 나의 비극을 생각합니다. 가늘고 긴 희랍적 슬픈 모가지에 팔굽이를 감아 봅니다. 밤은 지구를 따르는 비극이외다. 이 청징하고 무한한 밤의 모가지는 어디메쯤 되는지 아무도 안아 본 이가 없습니다.

비극은 반드시 울어야 하지 않고 사연하거나 흐느껴야 하는 것이 아닙니다. 실로 비극은 묵默합니다.

그러므로 밤은 울기 전의 울음의 향수요 움직이기 전의 몸짓의 삼림이요 입술을 열기 전 말의 풍부한 곳집이외다.

나는 나의 서재에서 이 묵극默劇을 감격하기에 조금도 괴롭지 않습니다. 검은 잎새 밑에 오롯이 눌리기만 하면 그만이므로. 나의 영혼의 윤곽이 올빼미 눈자위처럼 똥그래질 때입니다. 나무 끝 보금자리에 안긴 독수리의 흰 알도 무한한 명일을 향하여 신비로운 생명을 옴치며 돌리며 합니다.

설령 반가운 그대의 붉은 손이 이 서재에 조화로운 고풍스런 램프 불을 보름달만 하게 안고 골방에서 옮겨 올 때에도 밤은 그대 불의의 틈

입자에게 조금도 황당하지 않습니다. 남과 사귐성이 찬란한 밤의 성격
은 순간에 화원花園과 같은 얼굴을 바로 돌립니다.

램프

램프에 불을 밝혀 오시오 어쩐지 램프에 불을 보고 싶은 밤이외다.

하얀 갓이 연잎처럼 아래로 수그러지고 다칠세—끼워 세운 등피하며 가지가지 만듦새가 모두 지금은 고풍스럽게 된 램프는 걸려 있는 이보다 앉은 모양이 좋습니다.

램프는 두 손으로 받쳐 안고 오는 양이 아담합니다. 그대 얼굴을 농담이 아주 강한 옮겨오는 회화로 감상할 수 있음이외다.—딴 말씀이오나 그대와 같은 미美한 성性의 얼굴에 순수한 회화를 재현함도 그리스도교적 예술의 자유이외다.

그 흉측하기가 송충이 같은 석유를 달아 올려 종이 빛보다도 고운 불이 피는 양이 누에가 푸른 뽕을 먹어 고운 비단을 낳음과 같은 좋은 교훈이외다.

흔히 먼 산모롱이를 도는 밤 기적이 목이 쉴 때 램프불은 적은 무리를 둘러쓰기도 합니다. 가련한 코스모스 위에 다음 날 찬비가 뿌리리라고 합니다.

마을에서 늦게 돌아올 때 램프는 수고롭지 아니한 고요한 정열과 같이 자리를 옮기지 않고 있습니다.

마을을 찾아 나가는 까닭은 막연한 향수에 끌리어 나감이나 돌아올 때는 가벼운 탄식을 지고 오는 것이 나의 일지日誌이외다. 그러나 램프는 역시 누구 얼굴에 향한 정열이 아닌 것을 보았습니다.

다만 흰 종이 한 겹으로 이 큰 밤을 막고 있는 나의 보금자리에 램프는 매우 자신 있는 얼굴이옵디다.

전등은 불의 조화造花이외다. 적어도 등불의 원시적 정열을 잊어버린 가설*이외다. 그는 위로 치오르는 불의 혀 모양이 없습니다.

그야 이 심야에 태양과 같이 밝은 기공技工이 이제로 나오겠지요. 그러나 삼림에서 찍어온 듯 싱싱한 불꽃이 아니면 나의 성정은 그다지 반가울 리 없습니다.

성정이란 반드시 실용에만 기울어지는 것이 아닌 연고외다.

그러나 역시 부르는 소리외다.

램프를 줄이고 내어다 보면 눈자위도 분별키 어려운 검은 손님이 서 있습니다.

"누구를 찾으십니까?"

만일 검은 망토를 두른 촉루가 서서 부르더라고 하면 그대는 이러한 불길한 이야기는 기피하시리다.

덧문을 굳이 닫으면서 나의 양식은 이렇게 해설하였습니다.

―죽음을 보았다는 것은 한 착각이다―

그러나 '죽음'이란 벌써부터 나의 청각 안에서 자라는 한 항구한 흑점이외다. 그리고 나의 반성의 정확한 위치에서 내려다보면 램프 그늘에 차곡 접혀 있는 나의 육체가 목이 심히 말라하며 기도라는 것이 반드시 정신적인 것보다도 어떤 때는 순수히 미각적인 수도 있어서 쓰디쓰고도 달디단 이상한 입맛을 다십니다.

---

* 架設 : 인공적 설치물.

"천주天主의 성모聖母 마리아는 이제와 우리 죽을 때에 우리 죄인을 위하여 비소서 아멘"

그러므로 예전에 아시시의 성 프란체스코는 위로 오르는 종달새나 아래로 흐르는 물까지라도 자매로 불러 사랑하였으나 그 중에도 불의 자매를 더욱 사랑하였습니다. 그의 낡은 망토 자락에 옮겨 붙는 불꽃을 그는 사양치 않았습니다. 비상히 사랑하는 사랑의 표상인 불에게 헌 벼 조각을 아끼기가 너무도 인색하다고 하였습니다.

이것은 성인의 행적이라기보다도 그리스도교적 Poesie의 출발이외다.

램프 그늘에서는 계절의 소란을 듣기가 좋습니다. 먼 우레와 같이 부서지는 바다며 별같이 소란한 귀뚜리 울음이며 나무와 잎새가 떠는 계절의 전차戰車가 달려옵니다.

창을 사납게 치는가 하면 저윽이 부르는 소리가 있습니다. 귀를 간조롱이 하여* 이 괴한 소리를 가리어 들으렵니다.

역시 부르는 소리외다. 램프불은 줄어지고 벽시계는 금시에 황당하게 중얼거립니다. 이상도 하게 나의 몸은 마른 잎새같이 가벼워집니다.

창을 너머다 보나 등불에 익은 눈은 어둠 속을 분별키 어렵습니다.

---

* 가지런히 해서.

이목구비

사나운 짐승일수록 코로 맡는 힘이 날카로워 우리가 아무런 냄새도 찾아내지 못할 적에도 셰퍼드란 놈은 별안간 씩씩거리며 제 꼬리를 제가 물고 뺑뺑이를 치다시피 하며 땅을 호비어 파며 짖으며 달리며 하는 꼴을 보면 워낙 길든 짐승일지라도 지겹고 무서운 생각이 든다. 이상스럽게도 눈에 보이지 아니하는 도적을 맡아내는 것이다. 설령 도적이기로서니 도적놈 냄새가 따로 있을 게야 있느냐 말이다. 딴 골목에서 제홀로 꼬리를 치는 암놈의 냄새를 만나도 보기 전에 맡아내며 설레고 끙끙거린다면 그것은 혹시 몰라 그럴싸한 일이니 견주어 말하기에 예禮답지 못하나마 사람끼리에도 그만한 후각은 설명할 수 있지 아니한가. 도적이나 범죄자의 냄새란 대체 어떠한 것일까. 사람이 죄로 인하여 육신이 영향을 입는다는 것은 체온이나 혈압이나 혹은 신경작용이나 심리현상으로 세밀한 의논을 할 수 있을 것이나 직접 농후한 악취를 발한대서야 견딜 수 있는 일이냐 말이다. 예전 성인의 말씀에 죄악을 범한자의 영혼은 문둥병자의 육체와 같이 부패하여 있다 하였으니 만일 영혼을 직접 냄새로 맡을 수만 있다면 그야말로 견디어내지 못할 별별 악취가 다 있을 것이니 이쯤 이야기하여 오는 동안에도 어쩐지 몸이 군시럽고 징그러워진다. 다행히 후각이란 그렇게 예민한 것으로 되지 않았기에 서로 연애나 약혼도 할 수 있고 예를 갖추어 현구고*도 할 수도 있고 자진하여 손님 노릇하러 가서 융숭한 대접도 받을 수 있고 러시아워 전차 속에서도 그저 견딜 만하고 중대한 의사議事를 끝까지 진행하게 되는 것이 아니었던가. 더욱이 다행한 일은 약간의 경찰범 이외에는 세퍼드란 놈에게 쫓길 리 없이 대개는 물려 죽지 않고 지내온 것이다.

그러나 사람으로 말하면 그의 후각의 불완전함으로 인하여 고식지계姑息之計를 이어 나가거니와 순수한 영혼으로만 존재한 천사로 말하면 헌 누더기 같은 육체를 갖지 않고 초자연적 영각靈覺과 지혜를 갖추었기에 사람의 영혼상태를 꿰뚫어 간섭하기를 햇빛이 유리를 지나듯 할 것이다. 위태한 호수가로 달리는 어린아이 뒤에 바로 천사가 따라 보호하는 바에야 죄악의 절벽으로 달리는 우리 영혼 뒤에 어찌 천사가 애타하고 슬퍼하지 않겠는가. 물고기는 부패하려는 즉시부터 벌써 냄새가 다르다. 영혼이 죄악을 계획하는 순간에 천사는 코를 막고 찡그릴 것이 분명하다. 세상에 세퍼드를 경계할 만한 인사는 모름지기 천사를 두려워하고 사랑할 것이어니 그대가 이 세상에 떨어지자 하늘에 별이 하나 새로 솟았다는 신화를 그대는 무슨 이유로 믿을 수 있을 것이냐. 그러나 그대를 항시 보호하고 일깨우기 위하여 천사가 따른다는 신앙을 그대는 무슨 이론으로 거부할 것인가. 천사의 후각이 햇빛처럼 섬세하고 또 신속하기에 우리의 것은 훨씬 무디고 거칠기에 우리는 도리어 천사가 아니었던 행복을 누릴 수 있는 것이었으니 이 세상에 거룩한 향내와 깨끗한 냄새를 가리어 맡을 수 있는 것이니 오월달에도 목련화 아래 설때 우리의 오관을 얼마나 황홀히 조절할 수 있으며 장미의 진수를 뽑아 몸에 지닐 만하지 아니한가. 세퍼드란 놈은 목련의 향기를 감촉하는 것 같이도 아니하니 목련화아래서 그놈의 아무런 표정도 없는 것을 보아

---

* 신부가 예물을 가지고 처음으로 시부모를 뵙는 일.

도 짐작할 것이다. 대개 경찰범이나 암놈이나 고깃덩이에 날카로울 뿐인 것이 분명하니 또 그러고 그러한 등속의 냄새를 찾아낼 때 그놈의 소란한 동작과 황당한 얼굴 짓을 보기에 우리는 저윽이 괴롬을 느낄 수밖에 없다. 사람도 혹시는 부지중 그러한 세련되지 못한 표정을 숨기지 못할 적이 없으란 법도 없으니 불시로 침입하는 냄새가 그렇게 요염한 때이다. 그러기에 인류의 얼굴을 다소 장중히 보존하여 불시로 초조히 흐트러짐을 항시 경계할 것이요 이목구비를 고르고 삼갈 것이로다.

예양

　전차에서 내리어 바로 버스로 연락되는 거리인데 한 십오 분 걸린다
고 할지요. 밤이 이슥해서 돌아갈 때에 대개 이 버스 안에 몸을 실리게
되니 별안간 폭취暴醉를 느끼게 되어 얼굴에서 우그럭 우그럭 하는 무
슨 음향이 일던 것을 가까스로 견디며 쭈그리고 앉아 있거나 그렇지 못
한 때는 갑자기 헌 솜같이 피로해 진 것을 깨달을 수 있는 것이 이 버스
안에서 차지하는 잠시 동안의 일입니다. 이즘은 어쩐지 밤이 늦어 교붕
交朋과 중인衆人을 떠나서 온전히 제 홀로 된 때 취기와 피로가 삽시간에
급습하여 오는 것을 깨닫게 되니 이것도 체질로 인해서 그런 것이 아닐
까요. 버스로 옮기기가 무섭게 앉을 자리를 변통해내야만 하는 것도 실
상은 서서 쓸리기에 견딜 수 없이 취했거나 삐친 까닭입니다. 오르고
보면 번번이 만원인데도 다행히 비집어 앉을 만한 자리가 하나 비어있
지 않았겠습니까. 손바닥을 살짝 내밀거나 혹은 머리를 잠깐 굽히든지
하여서 남의 사이에 낄 수 있는 약소한 예의를 베풀고 앉게 됩니다.
　그러나 나의 피로를 잊을 만하게 그렇게 편편한 자리가 아닌 것을 알
았습니다. 양 옆에 완강한 젊은 골격이 버티고 있어서 그 틈에 끼어 있
으려니까 물론 편편치 못한 이유 외에 무엇이겠습니까마는 서서 쓰러
지는 이보다는 끼워서 흔들리는 것이 차라리 완전한 노릇이 아니겠습

니까. 만원 버스 안에 누가 약속하고 비워놓은 듯한 한 자리가 대개는 사양할 수 없는 행복같이 반가운 것이었습니다. 사람의 일상생활이란 이런 대수롭지 않은 일이 되풀이하는 것이 거의 전부이겠는데 이런 하치 못한 시민을 위하여 버스 안에 빈자리가 있다는 것은 말하자면 "아무 것도 없다는 것보다는 겨우 있다는 것이 더 나은 것이다"라는 원리로 돌릴 만한 일이 아니겠습니까. 그래도 종시 몸짓이 불편한 것을 그대로 견디어야만 하는 것이니 불편이란 말이 잘못 표현된 말입니다. 그 자리가 내게 꼭 적합하지 않았던 것을 나중에야 알았습니다. 말하자면 동그란 구녁에 네모진 것이 끼웠다거나 네모난 구녁에 동그란 것이 걸렸을 적에 느낄 수 있는 대개 그러한 저어감齟齬感에 다소 초조하였던 것입니다. 그렇기로서니 한 십오 분 동안의 일이 그다지 대단한 노역이랄 것이야 있습니까. 마침내 몸을 가벼이 솟치어 빠져나와 집에까지의 어두운 골목길을 더덕더덕 걷게 되는 것이었습니다.

그 이튿날 밤에도 그때쯤 하여 버스에 오르면 그 자리가 역시 비어 있었습니다. 만원 버스 안에 자리 하나가 반드시 비어 있다는 것이나 또는 그 자리가 무슨 지정을 받은 듯이나 반드시 같은 자리요 반드시 나를 기다렸다가 앉히는 것이 이상한 일이 아닙니까. 그도 하루 이틀이 아니요 여러 밤을 두고 한갈로* 그러하니 그 자리가 나의 무슨 미신에 가까운 숙연宿緣으로서거나 혹은 무슨 불측不測한 고장故障으로 누가 급격히 낙명落命한 자리거나 혹은 양복 궁둥이를 더럽힐 만한 무슨 오점이 있어서거나 그렇게 의심쩍게 생각되는데 아무리 들여다보아야 무슨 실쿳한** 혈흔 같은 것도 붙지 않았습니다. 하도 여러 날 밤 같은 현상을 되풀이하기에 인제는 버스에 오르자 꺼멓게 비어있는 그 자리가 내가 끌리지 아니치 못할 무슨 검은 운명과 같이 보이어 실쿳한 대로 그

---

* 한결같이.
** 좋지 않은.

대로 끌리게 되었습니다. 그러나 여러 밤을 연해 앉고 보니 자연히 자리가 몸에 맞아지며 도리어 일종의 안이감安易感을 얻게 된 것입니다. 그러나 더욱 괴상한 노릇은 바로 좌우에 앉은 두 사람이 밤마다 같은 사람들이었습니다. 나이가 실상 이십 안팎밖에 아니 되는 청춘 남녀 한 쌍인데 나는 어느 쪽으로도 쏠릴 수 없는 꽃과 같은 남녀이었습니다. 이야기가 차차 괴담에 가까워 갑니다마는 그들의 의상도 무슨 환영처럼 현란한 것이었습니다. 혹은 내가 청춘과 유행에 대한 예리한 판별력을 상실한 나이가 되어 그런지는 모르겠으나 밤마다 나타나는 그들 청춘 한 쌍을 꼭 한 사람들로 여길 수밖에 없습니다. 이 괴담과 같은 버스 안에 이국인과 같은 청춘 남녀와 말을 바꿀 일이 없고 말았습니다. 그러나 그 자리가 종시 불편하였던 원인을 추세追勢하여 보면 아래 같이 생각되기도 합니다.

　1. 나의 양 옆에 그들은 너무도 젊고 어여뻤던 것임이 아니었던가.

　2. 그들의 극상품의 비누냄새 같은 청춘의 체취에 내가 견딜 수 없었던 것이 아닐지?

　3. 실상인즉 그들 사이가 내가 쪼기고 앉을 자리가 아예 아니었던 것이나 아닐지?

　대개 이렇게 생각되기는 하나 그러나 사람의 앉을 자리는 어디를 가든지 정하여지는 것도 사실이지요. 늙은 사람이 결국 아랫목에 앉게 되는 것이니 그러면 그들 청춘 남녀 한 쌍은 나를 위하여 버스 안에 밤마다 아랫목을 비워놓은 것이나 아니었을지요? 지금 거울 앞에서 아침 넥타이를 매며 역시 오늘 밤에도 비어있을 꺼어먼 자리를 보고 섰습니다.

아스팔트

걸을 양이면 아스팔트를 밟기도 한다. 서울 거리에서 흙을 밟을 맛이 무엇이랴.

아스팔트는 고무밑창보다 징 한개 박지 않은 우피 그대로 사뿟사뿟 밟아야 쫀득쫀득 받치는 맛을 알게 된다. 발은 차라리 다이아처럼 굴러간다. 발이 한사코 돌아다니자기에 나는 자꾸 끌린다. 발이 있어서 나는 고독치 않다.

가로수 이파리마다 발발潑潑하기* 물고기 같고 유월 초승 하늘 아래 밋밋한 고층건축들은 삼나무 냄새를 풍긴다. 나의 파나마**는 새파랗듯 젊을 수밖에. 가견家犬, 양산, 단장 그러한 것은 한아閑雅한 교양이 있어야 하기에 연애는 시간을 심히 낭비하기 때문에 나는 그러한 것들을 길들일 수 없다. 나는 심히 유창한 프롤레타리아트! 고무 볼처럼 퐁퐁 튀기어지며 간다. 오후 네 시 오피스의 피로가 나로 하여금 궤도 일체를 밟을 수 없게 한다. 장난감 기관차처럼 장난하고 싶구나. 풀포기가 없어도 종달새가 내려오지 않아도 좋은, 폭신하고 판판하고 만만한 나의 유목장遊牧場 아스팔트! 흑인종은 파인애플을 통째로 쪼개어 새빨간

---

* 물기가 반들거리는 모양.
** 여름에 쓰는 파나마모자.

입술로 쪽쪽 들이킨다. 나는 아스팔트에서 조금 비껴들어서면 된다.

 탁! 탁! 튀는 생맥주가 폭포처럼 싱싱한데 황혼의 서울은 갑자기 팽창한다. 불을 켠다.

노인과 꽃

　노인이 꽃나무를 심으심은 무슨 보람을 위하심이오니까. 등이 곱으시고 숨이 차신데도 그래도 꽃을 가꾸시는 양을 뵈오니, 손수 공들이신 가지에 붉고 빛나는 꽃이 맺으리라고 생각하오니, 희고 희신 나룻이나 주름살이 도리어 꽃답도소이다.

　나이 이순을 넘어 오히려 여색을 기르는 이도 있거니 실로 누_陋하기 그지없는 일이옵니다. 빛깔에 취할 수 있음은 빛이 어느 빛일는지 청춘에 맡길 것일는지도 모르겠으나 쇠년_{衰年}에 오로지 꽃을 사랑하심을 뵈오니 거룩하시게도 정정하시옵니다.

　봄비를 맞으시며 심으신 것이 언제 바람과 햇빛이 더워오면 고운 꽃봉오리가 촛불 켜듯 할 것을 보실 것이매 그만치 노래_{老來}의 한 계절이 헛되이 지나지 않은 것이옵니다.

　노인의 고담한 그늘에 어린 자손이 희희_{戲戲}하며 꽃이 피고 나무와 벌이 날며 잉잉거린다는 것은 여년_{餘年}과 해골_{骸骨}을 장식하기에 이렇듯 화려한 일이 없을 듯하옵니다.

　해마다 꽃은 한 꽃이로되 사람은 해마다 다르도다. 만일 노인 백세후에 기거하시던 창호가 닫히고 뜰 앞에 손수 심으신 꽃이 난만할 때 우리는 거기서 슬퍼하겠나이다. 그 꽃을 어찌 즐길 수가 있으리까. 꽃과 죽음을 실로 슬퍼할 자는 청춘이요 노년의 것이 아닐까 합니다. 분방히 끓는 정염이 식고 호화롭고도 홧홧한 부끄럼과 건질 수 없는 괴롬으로 수놓은 청춘의 웃옷을 벗은 뒤에 오는 청수하고 고고하고 유한하고 완강하기 학과 같은 노년의 덕으로서 어찌 죽음과 꽃을 슬퍼하겠습니까. 그러기에 꽃의 아름다움을 실로 볼 수 있기는 노경에서일까 합니다.

　멀리 멀리 나— 땅 끝에서 오기는 초뢰사初瀨寺의 백목단白牧丹 그 중 일점一點 담홍빛을 보기 위하여.

　의젓한 시인 폴 클로델은 모란 한 떨기 만나기 위하여 이렇듯 멀리 왔더라니, 제자 위에 붉은 한 송이 꽃이 심성의 천진과 서로 의지하며 즐기기에는 바다를 몇씩 건너 온다느니보다 미옥美玉과 같이 탁마된 춘추를 지니어야 할까 합니다.
　실상 청춘은 꽃을 그다지 사랑할 바도 없을 것이며 다만 하늘의 별, 물속의 진주, 마음속에 사랑을 표정하기 위하야 꽃을 꺾고 꽂고 선사하고 찢고 하였을 뿐이 아니었습니까. 이도 또한 노년의 지혜와 법열을 위하여 청춘이 지나지 아니치 못할 연옥과 시련이기도 하였습니다.
　오호 노년과 꽃이 서로 비추고 밝은 그 어느 날 나의 나룻도 눈과 같이 희어지이다 하노니 나머지 청춘에 다이* 설레나이다.

----

* 유달리. 제법.

꾀꼬리와 국화

물오른 봄버들가지를 꺾어들고 들어가도 문안 사람들은 부러워하는
데 나는 서울서 꾀꼬리 소리를 들으며 살게 되었다.

새문 밖 감영 앞에서 전차를 내려 한 십 분쯤 걷는 터에 꾀꼬리가 우는
동네가 있다니깐 별로 놀라워하지 않을 뿐 외려 치하하는 이도 적다.

바로 이 동네 인사들도 세간에 시세가 얼마며 한 평에 얼마 오르고
내린 것이 큰 관심거리지 나의 꾀꼬리 이야기에 어울리는 이가 적다.

이삿짐 옮겨다 놓고 한밤 자고 난 바로 이튿날 햇살 바른 아침, 자리
에서 일기도 전에 기왓골이 옥玉인 듯 짜르르 짜르르 울리는 신기한 소
리에 놀랐다.

꾀꼬리가 바로 앞 나무에서 우는 것이었다.

나는 뛰어나갔다.

적어도 우리 집사람쯤은 부지깽이를 놓고 나오든지 든 채로 황황히
나오든지 해야 꾀꼬리가 바로 앞 나무에서 운 보람이 설 것이겠는데 세
상에 사람들이 이렇듯이도 무딜 줄이 있으랴.

저녁때 한가한 틈을 타서 마을 둘레를 거니노라니 꾀꼬리뿐이 아니
라 까투리가 풀섶에서 푸드덕 날아갔다 했더니 장끼가 산이 찌르렁 하
도록 우는 것이다.

산비둘기도 모이를 찾아 마을 어귀까지 내려오고, 시어머니 진짓상 나수어다 놓고선 몰래 동산 밤나무 가지에 목을 매어 죽었다는 며느리의 넋이 새가 되었다는 며느리새도 울고 하는 것이었다.

　며느리새는 외진 곳에서 숨어서 운다. 밤나무 꽃이 눈 같이 흴 무렵, 아침 저녁 밥상 받을 때 유심히도 극성스럽게 우는 새다. 실큿하게도* 슬픈 울음에 정말 목을 매는 소리로 끝을 맺는다.

　며느리새의 내력을 알기는 내가 열세 살 적이었다.

　지금도 그 소리를 들으면 열세 살 적 외로움과 슬픔과 무섬탐이 다시 일기에 며느리새가 우는 외진 곳에 가다가 발길을 돌이킨다.

　나라 세력으로 자란 솔들이라 고스란히 서 있을 수밖에 없으려니와 바람에 솔 소리처럼 아늑하고 서럽고 즐겁고 편한 소리는 없다. 오롯이 패잔한 후에 고요히 오는 위안 그러한 것을 느끼기에 족한 솔 소리, 솔 소리로만 하더라도 문밖으로 나온 값은 칠 수밖에 없다.

　동저고리 바람을 누가 탓할 이도 없으려니와 동저고리 바람에 따르는 훗훗하고 가볍고 자연과 사람에 향하여 아양 떨고 싶기까지 한 야릇한 정서 그러한 것을 나는 비로소 알아내었다.

　팔을 걷기도 한다. 그러나 주먹은 잔뜩 쥐고 있어야 할 이유가 하나도 없고, 그 많이도 흉을 잡히는 입을 벌리는 버릇도 동저고리 바람엔 조금 벌려두는 것이 한층 편하고 수월하기도 하다.

　무릎을 세우고 안으로 깍지를 끼고 그대로 아무 데라도 앉을 수 있다. 그대로 한 나절 앉았기로서니 나의 게으른 탓이 될 수 없다. 머리 위에 구름이 절로 피명 지명 하고 골에 약물이 사철 솟아주지 아니하는가.

　뻐끔채꽃, 엉겅퀴송이, 그러한 것이 모두 내게는 끔직한 것이다. 그 밑에 앉고 보면 나의 몸뚱아리, 마음, 얼, 할 것 없이 호탕하게도 꾸미

* 싫은 느낌이 들 정도로.

어지는 것이다.

사치스럽게 꾸민 방에 들 맛도 없으려니와, 나이 삼십이 넘어 애인이 없을 사람도 뻐끔채 자주꽃 피는 데면 내가 실컷 살겠다.

바람이 자면 노오란 보리밭이 후끈하고 송진이 고여 오르고 뻐꾸기가 서로 불렀다.

아침 이슬을 흩으며 언덕에 오를 때 대수롭지 않게 흔한 달기풀꽃이라도 하나 업신여길 수 없는 것을 보았다. 이렇게 적고 푸르고 예쁜 꽃이었던가 새삼스럽게 놀라웠다.

요렇게 푸를 수가 있는 것일까.

손끝으로 으깨어 보면 아깝게도 곱게 푸른 물이 들지 않던가. 밤에는 반딧불이 불을 켜고 푸른 꽃잎에 오무라 붙는 것이었다.

한번은 닭이풀꽃을 모아 잉크를 만들어가지고 친구들한테 편지를 염서艷書같이 써 붙이었다. 무엇보다도 꾀꼬리가 바로 앞 나무에서 운다는 말을 알리었더니 안악 친구는 굉장한 치하 편지를 보냈고 장성 벗은 겸사겸사 멀리도 집알이*를 올라왔었던 것이다.

그날사 말고 새침하고 꾀꼬리가 울지 않았다. 맥주 거품도 꾀꼬리 울음을 기다리는 듯 고요히 이는데 장성 벗은 웃기만 하였다.

붓대를 희롱하는 사람은 가끔 이러한 섭섭한 노릇을 당한다.

멀리 연기와 진애를 걸러오는 사이렌소리가 싫지 않게 곱게 와 사라지는 것이었다.

꾀꼬리는 우는 제 철이 있다.

이제 계절이 아주 바뀌고 보니 꾀꼬리는커녕 며느리새도 울지 않고 산비둘기만 극성스러워진다.

꽃도 잎도 이울고 지고 산국화도 마지막 스러지니 솔 소리가 억세어

---

* 새로 지은 집이나 이사한 집에 집 구경 겸 인사차 찾아보는 일.

간다.

꾀꼬리가 우는 철이 다시 오고 보면 장성 벗을 다시 부르겠거니와 아주 이우러진 이 계절을 무엇으로 기울 것인가.

동저고리 바람에 마고자를 포개어 입고 은단추를 달리라.

꽃도 조선 황국은 그것이 꽃 중에는 새 틈에 꾀꼬리와 같은 것이다. 내가 이제로 황국을 보고 취하리로다.

비둘기

하루갈이쯤 되는 텃밭 이랑에 손이 곱게 돌아가 있다.

갈고 흙덩이 고르고 잔돌 줍고 한 것이나 풀포기 한 잎 거친 것 없는 것이나 갓골을 거뜬히 둘러친 것이나 이랑에 흙이 다복다복 북돋운 것이라든지가 바지런하고 일솜씨 미끈한 사람의 할 일이로구나 하였다. 논밭 일은 못하였을망정 잘하고 못한 것이야 모를 게 있으랴.

갈보리를 벌써 뿌리었다기는 이르고 김장 무배추로는 엄청 늦고 가랑파씨를 뿌린 상 싶다.

참새 떼가 까맣게 날아와 앉기에 황급히 활개를 치며 "우여어!" 소리를 질렀더니 그만 휘잉! 휘잉! 소리를 내며 쫓기어간다.

그도 그럴 적뿐이요 새도 눈치코치를 보고 오는 셈인지 어느 겨를에 또 날아와 짓바수는 것이다.

밭 임자의 품팔이꾼이 아닌 이상에야 한 두 번이지 한나절 위한하고[*] 새를 보아 줄 수도 없는 일이다.

이번에는 난데없는 비둘기 떼가 한 오십 마리 날아오더니 이것은 네부카드네자르[**]의 군대들이나 되는구나.

---

[*] 한도를 정함.
[**] Nebuchadnezzar : 고대 바빌론의 왕. 한역 성서에는 '느부갓네살' 이라는 이름으로 나온다.

이렇게 한바탕 치르고 나도 남을 것이 있는 것인가 하도 딱하기에 밭 임자인 듯한 이를 멀리 불러 물어보았다.

"씨갑시* 뿌려둔 것은 비둘기 밥 대주라고 한 게요?"

"그 어떡합니까. 악을 쓰고 쫓아도 하는 수 없으니"

"이 근처엔 비둘기가 그리 많소?"

"원한경 원목사집 비둘긴데 하도 파먹기에 한번은 가서 사설을 했더니 자기네도 할 수 없다는 겁디다. 몇 마리 사랑 탐으로 기른 것이 남의 집 비둘기까지 달고 들어와 북새를 노니 거두어 먹이지도 않는 바에야 우정 쫓아낼 수도 없다는 겁니다."

"비둘기도 양옥집 그늘이 좋은 게지요."

"총으로 쏘든지 잡아 죽이든지 맘대로 하라곤 하나, 할 수 있는 일입니까? 내버려 두지요."

농사 끝이란 희한한 것이 아닌가. 새한테 먹히고, 벌레도 한몫 태우고 풍재風災 수재水災 한재旱災를 겪고 도지** 되고 짐수 치르고 비둘기한테 짓부시우고 그래도 남는다는 것은 그대로 농사 끝밖에 없다는 것인가.

밭 임자는 남의일 이야기하듯 하고 간 후에 열두어 살 전후쯤 된, 남매간인 듯한 아이들 둘이 깨어진 냄비 쪽 생철 쪽을 들고 나와 밭머리에 진을 치는 것이다.

이건 곡하는 것인지 노래 부르는 것인지 야릇하게도 서러운 푸념이나 애원이 아닌가.

날짐승에게도 애원은 통한다.

유유히 날아가는 것이로구나.

날짐승도 워낙 억세고 보면 사람도 쇠를 치며 우는 수밖에 없으렸다.

농가아이들을 괴임성스럽게 볼 수가 없다.

---

* 씨앗의 방언.
** 남의 논밭을 경작하고 논밭을 빌린 대가로 내는 벼.

첫째 그들은 사나이니까 머리를 깎았고 계집아이니까 머리가 있을 뿐이요 몸에 걸친 것이 그저 구별과 이름이 부를 수는 있다. 그들의 치레와 치장이란 이에 그치고 만다.

허수아비는 이보다 더 허름한 옷을 입었다. 그래서 날짐승들에게 영슈이 서지 않는다.

그들은 철없어 복스런 웃음을 웃을 줄 모르고 웃음이 절로 어여뻐지는 옴식옴식 패이고 펴고 하는 볼이 없다.

그들은 씩씩한 물기와 이글거리는 핏빛이 없고 흙빛과 함께 검고 푸르다.

팔과 다리는 파리하고 으실* 뿐이다.

그들은 영양이 없이도 앓지 않는다.

눈도 아무 날래고 사나온 열기가 없다. 슬프지도 아니한 눈이다.

좀처럼 울지도 아니한다— 노래와 춤은커녕.

그들은 이 가난하고 꾀죄죄한 자연에 나면서부터 견디고 관습이 익어 왔다.

주리고 헐벗고 고독함에서 사람이란 인내와 단련이 필요한 것이 되겠으나 그들은 새삼스럽게 노력을 들이지 아니하여도 된다.

그들은 괴롭지도 아니하다.

그들은 세상에도 슬프게 생긴 무덤과 이웃하여 산다.

그들은 흙과 돌로 얽고 다시 흙으로 칠한 방안에서 흙냄새가 맡아지지 아니한다.

그들은 어버이와 수척한 가축과 서로서로 숨소리와 잠꼬대를 하며 잔다.

그들의 어머니는 명절날이면 횟배가 아프다.

---

* 오자인 듯 뜻이 파악되지 않는다.

그들의 아버지는 명절날에 취하고 운다.

남부 이태리보다 푸르고 곱다는 하늘도 어쩐지 영원히 딴 데로만 향하여 한눈파는 듯하여 구름도 꽃도 아무 장식이 될 수 없다.

육체

몽-끼라면 아시겠습니까. 몽-끼, 이름조차 맛대가리 없는 이 연장은 집터 다지는 데 쓰는 몇 천 근이나 될지 엄청나게 크고 무거운 저울추 모양으로 된 그 쇳덩이를 몽-끼라고 이릅디다. 표준어에서 무엇이라고 제정하였는지 마침 몰라도 일터에서 일꾼들이 몽-끼라고 하니깐 그런 줄로 알 밖에 없습니다.

몽치란 말이 잘못 되어 몽-끼가 되었는지 혹은 원래 몽-끼가 옳은데 몽치로 그릇된 것인지 어원에 밝지 못한 소치로 재삼 그것을 가리려고는 아니 하나 쇠몽치 중에 하도 육중한 놈이 되어서 생김새 등치를 보아 몽치보다는 몽-끼로 대접하는 것이 좋다고 나도 보았습니다.

크나큰 양옥을 세울 터전에 이 몽-끼를 쓰는데 굵고 크기가 전신주만큼이나 되는 장나무를 여러 개 훨씬 위 등을 실한 쇠줄로 묶고 아래 등은 벌리어 세워놓고 다시 가운데 철봉을 세워 그 철봉이 몽-끼를 꿰뚫게 되어 몽-끼가 그 철봉에 꽂힌 대로 오르고 내리게 되었으니 몽-끼가 내려질리는 밑바닥이 바로 굵은 나무기둥의 대구리가 되어 있습니다. 이 나무기둥이 바로 땅속으로 모조리 들어가게 된 것이니 길이가 보통 기와집 기둥만큼 되고 그 위로 몽-끼가 벽력같이 떨어질 거리가 다시 그 기둥 키만 한 사이가 되어있으니 결국 몽-끼는 땅바닥에서 이

층집 꼭두만치는 올라가야만 되는 것입니다. 그 거리를 몽-끼가 기어 오르는 꼴이 볼만하니 좌우로 한편에 일곱 사람씩 늘어서고 보면 도합 열네 사람에 각기 잡아당길 굵은 삼밧줄이 열네 가닥, 이 열네 가닥이 잡아들이는 힘으로 그 육중한 몽-끼가 기어 올라가게 되는 것입니다. 단번에 올라가는 수가 없어서 한 절반에서 삽시 다른 장목으로 고이었 다가 일꾼 열네 사람들이 힘찬 호흡을 잠깐 돌리었다가 다시 와락 잡아 당기면 꼭두 끝까지 기어 올라갔다가 내려질 때는 한숨에 내려박치게 되니 쿵 웅 소리와 함께 기둥이 땅속으로 문찍문찍 들어가게 되어 근처 한길까지 들썩들썩 울리며 꺼져드는 것 같습니다. 그러한 노릇을 기둥 이 모두 땅속으로 들어가기까지 줄곧 해야만 하므로 장정 열네 사람이 힘이 여간 걸리는 것이 아닙니다. 그리하여 한 사람은 초성 좋고 장구 잘 치고 신명과 넉살좋은 사람으로 옆에서 지경 닦는* 소리를 매기게 됩니다. 하나가 매기면 열네 사람이 받고 하는 맛으로 일터가 흥성스러 워 지며 일이 수월하게 부쩍 부쩍 늘어갑니다. 그렇기에 매기는 사람은 점점 흥이 나고 신이 솟아서 노래 사연이 별별 신기한 것이 연달아 나 오게 됩니다. 애초에 누가 이런 민요를 지어냈는지 구절이 용하기는 용 하나 좀 듣기에 면구한 데가 있습니다. 대개 큰아기, 총각, 과부에 관계 된 것, 혹은 신작로, 하이칼라, 상투, 머리꼬리, 가락지 등에 관련된 것 을 노래로 부르게 됩니다. 그리고 에헬렐레 상사도로 리프레인이 계속 됩니다. 구경꾼도 여자는 잠깐이라도 머뭇거릴 수가 없게 되니 아무리 노동꾼이기로 또 노래를 불러야 일이 수월하고 불고하기로 듣기에 얼 굴이 부끄러 와락 와락 하도록 그런 소리를 할 것이야 무엇 있습니까. 그 소리로 무슨 그렇게 신이 나서 할 것이 있는지 야비한 얼굴 짓에 허 리아래 등과 어깨를 으씩으씩 하여 가며 하는 꼴이 그다지 애교로 사주

* 일정한 테두리의 땅을 닦다.

기에는 너무도 나의 신경이 가늘고 약한가 봅니다. 그러나 육체노동자로서의 독특한 비판과 풍자가 있기는 하니 그것을 그대로 듣기에 좀 찔리기도 하고 무엇인지 생각케도 합니다. 이것도 육체로 산다기보다 다분히 신경으로 사는 까닭인가 봅니다. 그런데 몽-끼가 이 자리에서 기둥을 다 박고 저 자리로 옮기려면 불가불 일꾼의 어깨를 빌리게 됩니다. 실한 장정들이 어깨에 목도로 옮기는데 사람의 쇄골이란 이렇게 빳잘긴* 것입니까. 다리가 휘청거리어 쓰러질까 싶게 간신 간신히 옮기게 되는데 쇄골이 부러지지 않고 배기는 것이 희한한 일이 아닙니까. 이번에는 그런 입에 올리지 못할 소리는커녕 영치기 영치기 소리가 지기영 지기영 지기영 지기지기영으로 변하고 불과 몇 걸음 못 옮기어서 흑흑하며 땀이 물 솟듯 합디다. 짓궂은 몽-끼는 그 꼴에 매달려 가는 맛이 호숩은지** 덩치가 그만해가지고 어쩌면 하로 품팔이로 살아가는 삯군 어깨에 늘어져 건드렁 건드렁 거리는 것입니까. 숫제 침통한 웃음을 견딜 수 없었습니다. 그 사람네는 이마에 땀을 내어 밥을 먹는다기보다는 시뻘건 살덩이를 몇 점씩 뚝뚝 잡아떼어 내고 그리고 그 자리를 밥으로 때워야만 사는가 싶도록 격렬한 노동에 견디는 것이니 설령 외설하고 음풍淫風에 가까운 노래를 부를지라도 그것을 입술에 그치고 말 것이요 몸뚱아리까지에 옮겨갈 여유도 없을까 합니다.

---

* 단단하고 질긴.
** 밑으로 떨어질 듯 아찔한지.

산문

1

지용이 시를 못 쓴다고 가엾이 여기어 주는 사람은 인정이 고운 사람이라 이런 친구와는 술이 생기면 조용조용히 안주 삼아 울 수가 있다.

전前 모 고관이 그가 아직 제복을 만들어 입기 전 지난 이야기지만 나를 불러다가 한 말이

"내가 미주에 있을 때 당신의 글을 애독하였고 나도 문학을 하여 온 사람이오. 이때까지의 당신의 태도는 온당하였던 줄로 생각하나 만일 조금이라도 변하는 경우에는 우리도 생각이 있소. 그리고 당신이 문과장文科長 지위에 있어서 유물론 선전을 한다니 그럴 수가 있소! 당신이 지도하는 학생들이 따로 모이어 무엇을 하고 있는 줄을 아시오? 일간 당신네 학교에서 무슨 소동이 나기 하면 문과장만으로서 책임을 져야 하오. 그리고 문과생을 지도하려면 컴패러티브 리터러처(비교문학)를 가르쳐야 하오. 우익문학과 프롤레타리아 문학을 비교하여 가르쳐서 학생으로 하여금 판단력을 얻도록 해야 하오."

그때 내가 나의 문학에 대한 태도라든지 '비교문학교수'에 관한 권고에 대해서는 아무 답변을 하지 않았고 다만 문과장으로서의 책임을

져야 한다는 데는 응대하였다.

"네. 무슨 소동이 난다면 책임을 지다뿐이겠습니까, 이런 말씀을 듣고 미리 겁이 나서 오늘로 문과장을 내놓는다고 소동에 관한 책임을 면할 도리가 있을 리도 없고 하니 그대로 문과장으로서 책임을 다할 수밖에 없습니다."

하고 악수 경례 후에 심회 초연히 학교까지 걸어가며 이런 저런 생각에 걸음도 기운이 없었던 것이다.

무슨 일이 나려나? 선생 노릇 하다가 학생 때문에 유치장에를 가게 되는 것인가? 잔뜩 긴장하여 가지고 학생들을 들볶아 댈 결의가 섰던 것이다.

학교에 이르러 신문을 보고 다음 날이 소련의 무슨 혁명 기념일인 것을 알았다.

소강당에 문과생 전부를 불시 소집하여 놓고 협박이라기보다도 애원을 하였던 것이다.

"너희들이 요새 출석이 나쁘기가 한이 없으니 무슨 일이냐? 출석이 나쁜 학생은 불가불 내일 모조리 정리할 수밖에 없으니 알아 하여라."

다음 날 출석률이 100퍼센트였던 것이다. 이화대학에 이때까지 아무 소동이 없고 말았다. 아직까지는 내가 그저 교원일 뿐이다.

고관실에서 답변 못하고 나온 해당 고관의 제안에 대하여는 내가 8·15 이후 이때까지 주저주저 생각하고 있다.

연구해서 해득 못할 문제가 되어 그런 것이 아니다.

일제 시대에 내가 시니 산문이니 조그만치 썼다면 그것은 내가 최소한도의 조선인을 유지하기 위하였던 것 이외의 아무것도 아니었다.

해방 덕에 이제는 최대한도로 조선인 노릇을 해야만 하는 것이겠는데 어떻게 8·15 이전같이 왜소귀축倭少龜縮한 문학을 고집할 수 있는 것이랴?

자연과 인사에 흥미가 없는 사람이 문학에 간여하여 본 적이 없다.

오늘날 조선 문학에 있어서 자연은 국토로 인사人事는 인민으로 규정된 것이다.

국토와 인민에 흥미가 없는 문학을 순수하다고 하는 것이냐?

남들이 나를 부르기를 순수 시인이라고 하는 모양인데 나는 스스로 순수 시인이라고 의식하고 표명한 적이 없다.

사춘기에 연애 대신 시를 썼다. 그것이 시집이 되어 잘 팔리었을 뿐이다. 이 나이를 해 가지고 연애 대신 시를 쓸 수야 없다.

사춘기를 훨씬 지나서부터는 일본놈이 무서워서 산으로 바다로 회피하여 시를 썼다.

그런 것이 지금 와서 순수 시인 소리를 듣게 된 내력이다.

그러니까 나의 영향을 다소 받아온 젊은 사람들이 있다면 좋지 않은 영향이니 버리는 것이 좋을까 한다.

시가 걸작이든지 태작이든지 옳은 시든지 그른 시든지로 결정되는 것이지 괴테를 순수 시인이라고 추존追尊한다면 막심 고르키를 오탁汚濁 소설가라고 할 수 있는 것이냐? 이 양 거장에 필적할 문학자가 조선에 난다면 괴테는 단연코 나오지 않는다. 조선적 토양에서는 막심 고르키에 필적할 만한 사람만이 위대한 것이요 또 가능성이 분명하다.

시와 문학에 생활이 있고 근로가 있고 비판이 있고 투쟁과 적발이 있는 것이 그것이 옳은 예술이다.

걸작이라는 것을 몇 해를 두고 계획하는 작가가 있다면 그것도 '불멸'에 대한 어리석은 허영심이다. 어떻게 해야만 '옳은 예술'을 급속도로 제작하여 건국투쟁에 이바지하느냐가 절실한 문제다.

정치와 문학을 절연시키려는 무모에서 순수예술이라는 것이 나온다면 무릇 정치적 영향에서 초탈한 여하한 예술이 있었던가를 제시하여 보라.

아이들이 초콜릿을 훔쳐 먹고 입을 완전히 씻지도 못하고 "너 초콜릿 훔쳐 먹었지" 하면 대개는 입을 다시 씻으며 "나 안 훔쳐 먹었어!" 한다.

빤히 정치적 영향이 드러남에도 불구하고 또 그것으로 정당에 부동附同하면서도, 아니다 순수예술이라고 한다면 초콜릿 훔쳐 먹은 아이의 변명과 무엇이 다르랴.

산란기에 명금류鳴禽類의 울음이 저절로 고운 정도로 연애 대신에 밉지 않은 서정시를 써서 그것도 잡지사에 교섭하여 낸다는 것을 구태여 인민의 적이라 굴 사람이 어디 있으랴마는 워낙 서정시에도 소질이 박약한 청년이 순수예술이노라고 자호自號하여 불순하게도 조숙한 청년이 고뇌 참담하게 늙어가는 어른을 걸어 신문을 빌어 욕을 해야만 하는 것이 순수한 것이냐?

무슨 정황에 '유물론 선전'이나 '비교문학 교수'가 되는 것이랴?

이제 국토와 인민에 불이 붙게 되었다.

백범옹이나 모든 좌익 별명 듣는 문화인이나 겨우 불 보고 불 끄려는 소방부 정도에 지나지 않는 것이다.

2

20여 년 자식을 기르고 남녀학생을 가르치느라고 얻은 경험이 있다.

아이들을 제가 잘 자라도록 화초에 물을 주듯 병아리에 모이를 주듯 영양과 지견과 환경과 편의를 부절不絕히 공급할 것이지, 애비로서나 스승으로서나 결코 자기의 주견을 강제 주입할 것이 아니라는 것이다.

기르고 가르치는 것은 어른이 하는 일이나, 자라기는 제가 자라는 것이다.

제가 자라서 무엇이 되든지 정치노선에 올라 좌익으로 달리든지 우익으로 달리든지 무슨 힘으로 요새 청년을 내가 막을 도리가 있느냐 말이다.

그러나 집에서 아이들이나 학교에서 학생이나 경찰에 걸릴 만한 소질이 보이는 아이들이 보인다면 본능적으로 겁이 난다.

그러지 말라고 말리는 것도 당연한 일이다.

"선생님은 웨 그리 봉건적이십니까?"

"오냐, 네 말대로 내가 봉건적이 아니고서야 내가 선생노릇은 고사하고 네가 배기어 나겠느냐?"

아이들이 제대로 자란다면 나도 나대로 자라는 것이 법칙이다. 진실로 내가 봉건적이라면 나는 나대로 자라는 법칙을 파기하는 것이 아니고 무엇이랴?

아이들이 육체적으로 지적으로 자랄 전정이 창창하다면 나의 자랄 여유는 다만 지적인 부분이 남아 있을 뿐이다. 나의 지적인 부분에 봉건적인 것을 남겨 두고서는 나는 지적으로도 자라지 못하고 마는 것이다. 나이도 50이 가깝고.

자라고 못자라는 것이 문제가 아니라 비문학적으로 솔직히 말하면 나는 답답하고 갑갑하여서 호흡이 곤란한 시절에 교원 노릇을 하고 있다.

괴테는 죽을 때까지도 사치스런 말을 남기었다.

"창을 열어라 좀 더 빛을!"

나는 창을 열고 튀어나가야만 하겠다.

3

R교수는 자주 만나서 싫지 않은 사람이다. 허우대 얼굴이 넉넉하고 너그러운 사람이라 말씨와 심술心術이 남을 괴롭게 굴지 않는다.

그의 영어영문학의 실력은 남들이 신뢰할 만하여 영어를 모르는 사람까지 따라서 영문학의 청년 교수로서 일급이라는 것을 무조건하고 인정하는 형편이다.

아메리카 유학생의 YMCA 간부풍의 경망한 태도 없거니와 영경英京 윤돈*에서 7년 수학한 학자폐의 오만한 데가 없다.

말을 하여 소리가 억세지 않고 웃어서 좌석이 소란치 않다.

이 사람과 생사를 같이 할 친구가 반드시 있을지는 보증키 어려우나 온아하고 세련된 점이 외국서 한단지보**를 배운 사람과는 다르다.

어찌하였든 조선의 교육과 문화에 이런 인사가 매우 유용한 것이다.

이 사람이 8·15 전보다 더 침울해진 것을 가까이하는 친구들은 보고 있다.

이즘 와서는 버쩍 한숨이 늘어간다. 한숨도 병이라 하여 임상의의 신세를 져야 할 데까지 갈 것이 아니라, 우리가 대개 한숨의 내용을 알 수 있음에는 지식인의 우정에서 자신이 있다.

그러나 이 사람은 자기의 한숨의 윤곽을 선명하게 잡지 못한다.

말하자면 자기 한숨의 내용을 자기가 모른다, 몰라…… 몰라…… 하면서 역시 한숨을 쉰다.

내가 생각하기에도 한숨이란 것은 논리가 아니요 다소 몽롱한 증상인 것이다.

증상에 생리적 불안 감각이 따른다는 것은 매우 자연한 일이다.

나는 R교수의 한숨을 지극히 당연하다고 한다. 동병상련으로 나도 따라서 한숨을 쉰다.

한숨 쉬는 R교수와 나와 자주 만나는 친한 두 친구가 있다.

하나는 당돌하기 짝이 없는 문예평론가 K요, 하나는 실상 한숨 쉬기는 R보다도 더 왕성한 편집국장 S다.

약하고 순하여 한숨을 한숨대로 감추지 못하는 R교수에 대하여 K와

---

* 倫敦 : 영국의 수도 런던.
** 邯鄲之步 : 함부로 자기 본분을 버리고 남의 행위를 따라 하는 것.

S는 좀 가혹한 우의友誼를 행사하는 버릇이 있다. 만나는 대로 토론을 걸어 뒤흔들어 놓는 것이다. 지면 때문에 토론의 내용을 대화체로 하여 발표할 수는 없으나 R교수는 일절 항쟁을 싫어하는 사람이므로 결국은 한숨을 길게 쉬는 나머지에 "세상일이란 그렇게 간단한 산술같이 승제乘除가 되는 것이 아니라"는 것으로 항론抗論을 맺는다.

"나는 신앙생활을 부러워합니다."

아는 것은 안다 하고 모르는 것은 모른다고 해야만 한다. 빤히 알 수 있는 것을 알고도 여유작작하기는 K와 S요, 알 수 있는 것을 항시 경원하면서 모르는 것에 한하여선 심중한 경의를 표하는 R은 결국 알 수 있는 것까지도 모르는 미궁에로 유도하기에 여력이 있고도 완강하다. 문학자 R교수는 철학자로서는 회의주의자라고 규정할 수밖에 없다.

나도 토론에 참여할 기회가 있다.

"회의라고 하는 것은 사물의 진상을 구명하기까지의 정신적 불요不撓한* 노력이 아닙니까? 회의도 애초부터 사물과 어느 정도로 사물에 대한 초보적 이해의 토대가 있어야만 회의하는 정신이 충분히 작용될 것입니다. 겸손도 분수가 있지 빤히 알 수 있는 것을 모른다고 하시면 그것은 회의도 아닙니다. 회의는 백치상태가 아니므로 회의에는 이지와 논리의 순서를 밟아야 합니다.

신앙도 애초부터 끝까지 모를 혼돈에 대한 배복拜伏이 아니라 안심하고 알 수 있는 토대를 밟아 이를 다시 진전시키어 어떠한 신비한 권능에 절대 신의信依하는 심성의 자세를 이르는 것일까 합니다. 절대 불가지론자가 되신다면 절대 신앙에도 단념하실 수밖에 없습니다."

K와 S는 토론을 끌어 단애 절벽으로 유도한다.

이에 서서는 예스 아니면 노우 이외에 다른 길이 있을 수 없다.

---

* 흔들리지 않는.

예를 들면 남북협상, 친일파, 한간韓奸, 단선單選, 단정單政, 남북통일, 자주독립, 양 주둔군 동시조속철퇴 문제 등등.

R은 대개 이러한 문제에 관하여는 일절 함묵한다.

함묵은 반드시 불가지적 상태는 아니다. 조선적 사태도 신비주의처럼 어려운 것일까?

"아이구 정치 없는 사회에서 살구 싶어요."

"정치 없는 사회— 그런 사회를 동경할 자유가 남조선에 있기는 있습니다. 그러나 그것은 조선자주독립에 관심 없는 자유, 회피하는 자유, 추극追極하면 거부하는 자유가 되고 마는 것이 아닙니까? 불가지론과는 하등의 관련이 없는 것입니다."

격렬한 토론으로 친구를 극복하려는 것은 미묘한 우정이 아니고 말 때가 많다.

별로 효과가 없는 것이다.

그러나 우정과 효과에 단념하는 것도 옳은 도리는 아니다.

말하자면 R교수에게는 친구도 아니요 아내도 아니요 따로 애인이 있을 수도 없고 하니 아름답고 총명한 누이 같은 사람의 위로와 격려가 필요한 것이다.

친절히 데리고 연구실이나 유원지보다는 현실의 사태와 정세를 골고루 보여 주며 알려주고 하는 수밖에 없을까 한다.

초연히 돌아가는 R교수는 뒤로 보아도 쓸쓸한 것이었다.

다음 날 S에게 온 R의 편지의 일절—

나와 골육을 나눈 처나 자식도 내 마음대로 안 되고 돌 지나 넉 달도 못 된 계집애도 내가 자유로 조종할 자신이 없는데 어찌 인민 전체의 생활과 복리를 좌우하고 농락까지 하는 정치에 생각이 미치겠습니까. 가정생활도 수습 못한다고 한 말도 이런 경제적이 아닌 정신적인 관점에서 우러난 말입니다.

'인민 전체의 생활과 복리를 좌우하고 농락하는 정치'에 생각이 미치지 못하는 R교수는 확실히 겸손한 선비다.

겸손하고 유능한 선비를 살리기 위하여도 생활과 정치가 인민 전체에 확립되어야 하겠다. 한 사람이 인민 전체의 복리를 자담한다는 것이 마침내 일군만민적—君萬民的 왕정이념에 지나지 못하고 마는 것이고 보니 이 왕당파가 아닌 R교수에게 우리는 아직까지 단념하지 않아도 좋다.

다시 그의 편지의 일절—

　나에게 무슨 '입장'이 용허된다면 그것은 일언으로 요약하여 '암흑' 속에서 더듬는 자의 '입장'이라 하겠습니다. 형은 날더러 '아나키스트'라고 속단하시지만 생활에서 어떤 질서를 요구하여 노력하는 한 사람으로서는 적합지 않은 말이라고 믿습니다.

옳은 말이다. 대인민의 대질서에는 개인 K와 S도 아무 능력이 없을까 한다. 일체의 기성 노질서老秩序가 붕괴되고 마는 것이요 새로운 대질서가 인민 전체에 서지고 말 것이기에 일개 R교수도 이 대질서에 돌입하여 부동이 아니라 먼저 직립해야만 한다.

그 후 어떤 날 R교수를 다시 만나 신중히도 나도 혹시 누이처럼 될까 하여,

"신앙생활에 관심이 있으시다면 교회에 소개하여 드릴까 합니다. 어찌 할까요?"

"글쎄요, 아직 더 생각해야 하겠습니다……."

문미文尾는 다소 강경할 필요가 있다.

"R형의 현재 상태로는 현실에도 신비에도 열렬하신 편이 아니시외다!"

시론

시의 옹호

　사물에 대한 타당한 견해라는 것이 의외에 고립하지 않았던 것을 알았을 때 우리는 비로소 안도와 희열까지 느끼는 것이다. 한 가지 사물에 대하여 해석이 일치하지 않을 때 우리는 서로 쟁론하고 좌단할 수는 있으나 정확한 견해는 논설 이전에서 이미 타당과 화협하고 있었던 것이요, 진리의 보루에 의거되었던 것이요, 편만遍滿한 양식의 동지에게 암합暗合으로 확보되었던 것이니, 결국 알 만한 것은 말하지 않기 전에 서로 알고 있었던 것이다. 타당한 것이란 천성天成의 위의를 갖추었기 때문에 요설을 삼간다. 싸우지 않고 항시 이긴다.

　왜곡된 견해는 고독할 수밖에 없다. 고독한 상태에서 명목瞑目 못하는 것이 왜곡된 것의 비운이니, 견해의 왜곡된 것이란 영향이 크지 않을 정도에서일지라도 생명이 기분간* 비틀어진 것이 되고 만다.
　생명은 비틀어진 채 몸짓을 아니 할 수 없으니, 이러한 몸짓은 부질 없이 소동할 뿐이다.
　비틀어진 것은 비틀어진 것과 서로 도당徒黨으로 어울릴 수 있으나,

---

* 幾分間 : 얼마쯤.

일시적 서로 돌려가는 자위에서 화합과 일치가 있을 리 없다. 비틀어진 것끼리는 다시 분열한다.

일편一片의 의리*와 기분幾分의 변론으로 실상은 다분多分의 질투와 훼상으로써 곤곤한 장강대류를 타매하고 돌아서서 또 사투私鬪한다.

시도 타당한 것과 협화協和하기 전에는, 말하자면 밟은 자리가 크게 옳은 곳이 아니고 보면 시 될 수 없다. 일간一間 직장도 가질 수 없는 시는 너무도 청빈하다. 다만 의로운 길이 있어 형극의 꽃을 탐하여 걸을 뿐이다. 상인이 부담하지 않아도 무방한 것을 예전에는 시인한테 과중히 지웠던 것이다. 청절, 명분, 대의, 그러한 지금엔 고전적인 것을. 유산 한 푼도 남기지 않았거니와, 취리聚利까지 엄금한 소크라테스의 유훈은 가혹하다. 오직 '선善의 추구'만의 슬픈 가업을 소크라테스의 아들은 어떻게 주체하였던 것인가.

시가 도리어 병인 양하여 우심憂心과 척의**로 항시 불평한 지사는 시인이 아니어도 좋다. 시는 타당을 지나 신수神髓에 사무치지 않을 수 없으니, 시의 신수에 정신 지상의 열락이 깃들임이다. 시는 모름지기 시의 열락에까지 틈입할 것이니, 세상에 시 한다고 흥얼거리는 인사의 심신이 번뇌와 업화業火에 끄스르지 않았으면 다행하다. 기쁨이 없이 이루는 우수한 사업이 있을 수 없으니, 지상至上의 정신비애가 시의 열락이라면 그대는 당황할 터인가?

자가自家의 시가 알리어지지 않는 것이 유쾌한 일일 수는 없으나, 온慍하지*** 않아도 좋다.

시는 시인이 숙명적으로 감상할 때같이 그렇게 고독한 것이 아니었다. 시가 시고 보면 진정 불우한 시라는 것이 있지 않았으니, 세대에 오른 시는 깡그리 우우*되고야 말았다. 시가 우우되고 시인이 불우하였던 것은 편만한 사실史實이다.

이제 그대의 시가 천문天文에 처음 나타나는 미지의 성신과 같이 빛날 때 그대는 희한히 반갑다. 그러나 그대는 훨씬 지상으로 떨어질 만하다. 모든 맹금류와 같이 노리고 있었던 시안詩眼을 두려워하고 신뢰함은 시적 겸양이다. 시가 은혜로 받은 것일 바에야 시안詩眼도 신의 허여하신 배 아닐 수 없다. 시안이야말로 기계적인 것이 아니라, 차라리 선의와 동정과 예지에서 굴절하는 것이요, 마침내 상탄賞嘆에서 빛난다. 우의와 이해에서 배양될 수 없는 시는 고갈할 수밖에 없으니, 보아 줄 만한 이가 없이 높다는 시, 그렇게 불행한 시를 씌어 말라. 시도 기껏해야 말과 글자로 사람 사는 동네에서 쓰여지지 않았던가. 불지하허不知何許의 일개 노구老嫗**를 택하여 백락천은 시적 어드바이저로 삼았다든가.

시는 다만 감상에 그치지 아니한다.

시는 다시 애착과 우의를 낳게 되고, 문화에 대한 치열한 의무감에까지 앙양한다. 고귀한 발화에서 다시 긴밀한 화합에까지 효력적인 것이 시가 마치 감람 성유聖油의 성질을 갖추고 있다.

이에 불후의 시가 있어서 그것을 말하고 외이고 즐길 수 있는 겨레는 이방인에 대하여 항시 자랑거리니, 겨레는 자랑에서 화합한다. 그 겨레가 가진 성전聖典이 바로 시로 씌어졌다.

---

* 優遇 : 후하게 대접함.
** 아무것도 모르는 한 할머니를.
*** 바삐 달려가는.

문화욕에 치구馳驅하는*** 겨레의 두뇌는 다분히 시적 상태에서 왕성하다. 시를 중추에서 방축한 문화라는 것은 생각조차 할 수 없다. 성급한 말이기도 하나 시가 왕성한 국민은 전쟁에도 강하다.

감밀甘蜜을 위하여 영영營營하는 봉군蜂群의 본능에 경이를 느낄 만하다면 시적 욕구는 인류에 있어서 가장 우수한 본능이 아닐 수 없다.

부지런한 밀봉은 슬퍼할 여가가 없다. 시인은 먼저 근면하라.

문자와 언어에 혈육적 애愛를 느끼지 않고서 시를 사랑할 수 없다. 사랑은커녕와 시를 읽어서 문맥에도 통하지 못하나니 시의 문맥은 그들의 너무도 기사적記事的인 보통 상식에 연결되기는 부적한 까닭이다. 상식에서 정연한 설화, 그것은 산문에서 찾으라. 예지에서 참신한 영해嬰孩의 눌어訥語, 그것이 차라리 시에 가깝다. 어린아이는 새 말밖에 배우지 않는다. 어린아이의 말은 즐겁고 참신하다. 으레 쓰는 말일지라도 그것이 시에 오르면 번번이 새로 탄생한 혈색에 붉고 따뜻한 체중을 얻는다.

시인은 구극에서 언어문자가 그다지 대수롭지 않다. 시는 언어의 구성이기보다 더 정신적인 것의 열렬한 정황 혹은 왕일旺溢한 상태 혹은 황홀한 사기임으로 시인은 항상 정신적인 것에서 정신적인 것을 조준한다. 언어와 종장宗匠은 정신적인 것까지의 일보 뒤에서 세심할 뿐이다. 표현의 기술적인 것은 차라리 시인의 타고난 재간 혹은 평생 숙련한 완법腕法의 부지중의 소득이다. 시인은 정신적인 것에 신적 광인처럼 일생을 두고 가엾이도 열렬하였다. 그들은 대개 하등의 프러페셔널에 속하지 않고 말았다. 시도 시인의 전문이 아니고 말았다.

정신적인 것은 만만하지 않게 풍부하다. 자연, 인사, 사랑, 죽음 내지 전쟁, 개혁 더욱이 덕의적德義的인 것에 멍이 든 육체를 시인은 차라리 평생 지녀야 하는 것이, 정신적인 것의 가장 우위에는 학문, 교양, 취미

그러한 것보다도 '애'와 '기도'와 '감사'가 거한다. 그러므로 신앙이
야말로 시인의 일용할 신적 양도糧道가 아닐 수 없다.

정취의 시는 한시漢詩에서 황무지가 완전히 없어지고 말았으리라. 진
정한 '애'의 시인은 기독교문화의 개화지 구라파에서 족출하였다. 영
맹한 이교도일지라도, 그가 지식인일 것이면 기독교문화를 다소 반추
하는 것임에 틀림없다.

신은 애로 자연을 창조하시었다. 애에 협동하는 시의 영위는 신의 제
2창조가 아닐 수 없다.

이상스럽게도 시는 사람의 두뇌를 통하여 창조하게 된 것을 시인의
영예로 아니할 수가 없다.

회화, 조각, 음악, 무용은 시의 다정한 자매가 아닐 수 없다. 이들에
서 항시 환희와 이해와 추이를 찾을 수 없는 시는 화조월석花朝月夕과 작
풍세우作風細雨에서 끝나고 말았다. 그러나 이러한 것들의 구성, 조형에
있어서는 흔히 손이 둔한 정신의 선수만으로도 족하니 언어와 문자와
더욱이 미의 원리와 향수享受에서 실컷 직성을 푸는 슬픈 청빈의 기구
를 가진 시인은 마침내 비평에서 우수한 성능을 발휘하고 만다.

시가 실제로 어떻게 제작되느냐. 이에 답하기는 실로 귀찮다. 시가
정형적 운문에서 별別한 이후로 더욱 곤란한 질문이 아닐 수 없다. 그
것은 차라리 도제가 되어 종장宗匠의 첨삭을 기다리라.

시가 어떻게 탄생되느냐. 유쾌한 문제다. 시의 모권母權을 감성에 돌
릴 것이냐 지성에 돌릴 것이냐. 감성에 지적 통제를 경유하느냐 혹은
의지의 결재를 기다리는 것이냐. 오인吾人의 어떠한 부분이 시작詩作의
수석이 되느냐. 또는 어떠한 국부가 이에 협동하느냐.

그대가 시인이면 이따위 문제보다도 달리 총명할 데가 있다.

비유는 절뚝발이. 절뚝발이 비유가 진리를 대변하기에 현명한 장녀長女 노릇 할 수가 있다.

무성한 감람 한포기를 들어 비유에 올리자. 감람 한포기의 공로를 누구한테 돌릴 것이냐. 태양, 공기, 토양, 우로, 농부, 그들에게 깡그리 균등하게 논공행상論功行賞하라. 그러나 그들 감람을 배양하기에 협동한 유기적 통일의 원리를 더욱 상찬하라.

감성으로 지성으로 의력意力으로 체질로 교양으로 지식으로 나중에는 그러한 것들 중의 어느 한가지에도 기울이지 않는 통히 하나로 시에 대진하는 시인은 우수하다. 조화는 부분의 비협동적 단독행위를 징계한다. 부분의 것을 주체하지 못하여 미봉한 자취를 감추지 못하는 시는 남루하다.

경제사상이나 정치열에 치구하는 영웅적 시인을 상탄한다. 그러나 그들의 시가 음악과 회화의 상태 혹은 운율의 파동, 미의 원천에서 탄생한 기적의 아兒가 아니고 보면 그들은 사회의 명목으로 시의 압제자에 가담하고 만다. 소위 종교가도 무모히 시에 착수할 것이 아니니 그들의 조잡한 파나시즘*이 시에서 즉시 드러나는 까닭이다. 종교인에게도 시는 선발된 은혜에 속하는 까닭이다.

시학과 시론에 자주 관심할 것이다. 시의 자매 일반예술론에서 더욱이 동양화론 서론書論에서 시의 향방을 찾는 이는 비뚤은 길에 들지 않는다.

경서經書 성전류聖典類를 심독心讀하여 시의 원천에 침윤하는 시인은 불멸한다.

---

* 고답주의.

시론으로 그대의 상식의 축적을 과시하느니보다는 시 자체의 요설의 기회를 주라. 시는 유구한 품위 때문에 시론에 자리를 옮기어 지껄일 찬스를 얻음직하다. 하물며 타인을 훼상하기에 악용되는 시론에서야 시가 다시 자리를 옮기지 않을 수 없었던 것이니 열정劣情은 시가 박탈된 가엾은 상태. 시인이면 어찌하여 변설로 혀를 뜨겁게 하고 몸이 파리하뇨. 시론이 이미 체위화하고 시로 이기었을 것이 아닌가.

시의 기법은 시학 시론 혹은 시법에 의탁하기에는 그들은 의외에 무능한 것을 알리라. 기법은 차라리 연습 숙통熟通에서 얻는다.

기법을 파악하되 체구에 올리라. 기억력이란 박약한 것이요, 손끝이란 수공업자에게 필요한 것이다.

구극에서는 기법을 망각하라. 탄회*에서 우유優遊하라. 도장에 서는 검사劍士는 움직이기만 하는 것이 혹은 그저 서 있는 것이 절로 기법이되고 만다. 일일이 기법대로 움직이는 것은 초보다. 생각하기 전에 벌써 한대 얻어맞는다. 혼신의 역량 앞에서 기법만으로는 초조하다.

진부한 것이란 구족具足한 기구器具에서도 매력이 결핍된 것이다. 숙련에서 자만하는 시인은 마침내 매너리스트로 가사 제작에 전환하는 꼴을 흔히 보게 된다. 시의 혈로는 항시 저신抵身 타개가 있을 뿐이다.

고전적인 것을 진부로 속단하는 자는, 별안간 뛰어드는 야만일 뿐이다.

꾀꼬리는 꾀꼬리 소리밖에 발하지 못하나 항시 새롭다. 꾀꼬리가 숙련에서 운다는 것은 불명예이리라. 오직 생명에서 튀어나오는 항시 최초의 발성이어야만 진부하지 않는다.

---

* 坦懷 : 거리낌 없는 마음.

무엇보다도 돌연한 변이를 꾀하지 말라. 자연을 속이는 변이는 참신할 수 없다. 기벽스런 변이에 다소 교활한 매력은 갖출 수는 있으나 교양인은 이것을 피한다. 귀면경인鬼面驚人이라는 것은 유약한 자의 슬픈 괘사*에 지나지 않는다. 시인은 완전히 자연스런 자세에서 다시 비약할 뿐이다. 우수한 전통이야말로 비약의 발 디딘 곳이 아닐 수 없다.

시인은 생애에 따르는 고독에 입문 당시부터 초조하여서는 사람을 버린다. 금강석은 석탄층에 끼웠을 적에 더욱 빛났던 것이니, 고독에서 온통 탈각할 것을 차라리 두려워하라. 시고詩稿를 끌고 항간매문도巷間賣文徒의 문턱을 넘나드는 것은 주책이 없다. 소위 비평가의 농락조 월단*에 희구喜懼하는 것은 가엾다. 비평 이전에 그대 자신에게서 벌써 우수하였음 직하다.

그처럼 소규모의 분업화가 필요하지 않다. 시인은 여력으로 비평을 겸하라.

일찍이 시의 문제를 당로當路한 정당政黨 토의에 위탁한 시인이 있었던 것을 듣지 못하였으니 시와 시인을 다소 정략적 지반운동으로 음모하는 무리가 없지도 않으니, 원인까지의 거리가 없지 않다. 그들은 본시 시의 문외門外에 출산한 문필인이요, 그들의 시적 견해는 애초부터 왜곡되었던 것이다.

비틀어진 것은 비틀어진 대로 그저 있지 않고 소동한다.

시인은 정정한 거송巨松이어도 좋다.
그 위에 한 마리 맹금猛禽이어도 좋다.
굽어보고 고만高慢하라.

---

* 변덕스러운 말.
** 月旦 : 월평.

시와 발표

　꾀꼬리 종달새는 노상 우는 것이 아니고 우는 나달보다 울지 않는 달 수가 더 길다.

　봄, 여름, 한철을 울고 내처 휴식하는 이 교앙한* 명금鳴禽들의 동면도 아닌 계절의 함묵에 견디는 표정이 어떠한가 보고 싶기도 하다. 사철 지저귀는 까마귀 참새를 위하여 분연히 편을 드는 장쾌한 대중시인이 나서고 보면 청각의 선민들은 꾀꼬리 종다리 편이 아니 될 수도 없으니 호사스런 귀를 타고난 것도 무슨 잘못이나 아닐까 모르겠다.

　시를 위한 휴양이 도리어 시작詩作보다도 귀하기까지 한 것이니, 휴양이 정체와 다른 까닭에서 그러하다. 중첩한 산악을 대한 듯한 침묵 중에서 이루어지는 계획이 내게 무섭기까지 하다.

　시의 저축 혹은 예비 혹은 명일의 약진을 기하는 전야의 숙수熟睡─ 휴식도 도리어 생명의 암암리의 영위로 돌릴 수밖에 없다.

　설령 역작이라도 다작일 필요가 없으니, 시인이 무슨 까닭으로 마소의 과로나 토끼의 다산을 본받을 것이냐.

---

* 교만한.

감정의 낭비는 청춘 병의 한가지로서 다정과 다작을 성적 동기에서 동근이지同根異枝로 봄직도 하다.

번번이 걸작은 고사하고 단 한번이라도 걸작이란 예산으로 되는 것이 아니요 시작 이후에 의외의 소득인 것뿐이다. 하물며 발표욕에 급급하여 범용한 다작이 무슨 보람을 세울 것인가. 오다가다 걸릴까 하는 걸작을 위하여 무수한 다작이 필요하다는 것일까. 나룻이 터가 잡히도록 계속하는 작문의 습관이 반드시 시를 낳는다고 할 수 없으니, 다작과 남작의 거리가 얼마나 먼 것일까. 혹은 말하기를 기악에 있어서 부단한 연습이 필요함과 같이, 시의 연습으로서 다작이 필요하다고. 기악가의 근면과 시인의 정진이 반드시 동일한 코스를 밟아서 될 것이 아니겠으나, 시를 정성껏 연습한다는 것을 구태여 책할 수도 없다. 범용의 완명頑暝한* 마력도 그도 또한 놀라울 노릇이 아닐 수도 없는 까닭이다. 그러나 연습과 발표를 혼동함에 있어서는 지저분하고 괴죄죄한 허영을 활자화한 것밖에 무엇을 얻어 볼 것이랴.

시는 숫자의 정확성 이상에 다시 엄격한 미덕의 충일함이다. 완성 조화 극치의 발화發花 이하에서 저회하는 시는 달이 차도록 근신하라.

첫째 범용한 시문류는 앉을 자리를 가릴 줄을 모른다. 유화 한 폭을 거는 화인畵人은 위치와 창명窓明과 배포背布까지에도 세심 용의하거늘, 소위 시인은 무슨 지면에든지 앉기가 급하게 주저앉는다. 성적性的 기사나 매약賣藥 광고와도 흔연히 이웃하는 것은 발표욕도 이에 이르러서는 시의 초속성超俗性을 논의하기가 도리어 부끄러운 일이니, 원래 자신이 없는 다작이고 보니, 자존이 있을 리 없다.

시가 명금鳴禽이 아니라, 한철이 따로 있는 것이 아니겠으나, 될 때 되는 것이요 아니 될 때는 좀처럼 아니 되는 것을 시인의 무능으로 돌릴

---

* 완고하고 도리에 어두운.

것이 아니니, 신문소설 집필자로서, 이러한 '무능'을 배울 수는 없는 일이다.

　시가 시로서 온전히 제자리가 돌아빠지는 것은 차라리 꽃이 봉오리를 머금듯 꾀꼬리 목청이 제철에 트이듯 아기가 열 달을 채워서 태반을 돌아 탄생하듯 하는 것이니, 시를 또 한 가지 다른 자연현상으로 돌리는 것은 시인의 회피도 아니요 무책임한 죄로 다스릴 법도 없다. 무엇보다도 이러한 시적 기밀에 참가하여 그 당오*에 들어서기 전에 무용한 다작이란 도로에 그칠 뿐이요. 문장 탁마에도 유리할 것이 없으니, 단편적 영탄조의 일 어구 나열에 습관이 붙은 이는 산문에 옮기어서도 지저분한 버릇을 고치지 못하고 만다.

　산문은 의무로 쓸 수 있다. 편집자의 제제提題를 즉시 수응하는 현대 신문잡지문학의 청부업적 문자기능이 시작詩作에 부여되지 못한 것이 한사恨事도 아니려니와, 시가 의무로 이행될 수 없는 점에서 저널리즘과 절로 보조가 어그러지고 마는 것도 자연한 일이다. 시가 충동과 희열과 능동과 영감을 기다려서 겨우 심혈과 혼백의 결정을 얻게 되는 것이므로, 현대 저널리즘의 기대를 시에 두었다가는 초속도 윤전기가 한산한 세월을 보낼 수밖에 없다. 저널리즘이 자연 분분한 일상성적 산문, 잡필, 보도, 기사, 선전 등에 급급하게 된다. 이른바 산문시대라는 것이니, 산문시대에서 시의 자세는 더욱 초연히 발화發花할 뿐이다. 저널리즘의 동작이 빈번할 대로 하라. 맥진에 다시 치구하라. 오직 예술문화의 순수와 영구를 조준하기 위하여 시는 절로 한층 고고한 자리를 잡지 않을 수 없는 필연성에 집착할 뿐이다.

　이리하여 시인이 절로 다작과 발표에 과욕寡慾하게** 되므로 시에 정

---

* 堂奧 : 깊은 곳.
** 욕심을 줄이게.

진하되 수험 공부 하듯이 초조하다든지 절제 없는 감상으로 인하여 혹은 독서 중에 경첩한 모방벽으로 인하여 즉시 시작에 착수하는 짓을 삼가게 되는 것이요, 서서히 정열과 영향에 진정과 요설을 정리함에서 시를 조산助産하는 것이다.

가장 타당한 시작詩作이란 구족된 조건 혹은 난숙한 상태에서 불가피의 시적 회임 내지 출산인 것이니, 시작이 완료한 후에 다시 시를 위한 휴양기가 길어도 좋다. 고인古人의 서書를 심독心讀할 수 있음과 새로운 지식에 접촉할 수 있음과 모어母語와 외어外語 공부에 중학생처럼 굴종할 수 있는 시간을 이 시적 휴양기에서 얻을 수 있음이다. 그보다도 더 좋은 것을 얻을 수 있는 것은 바다와 구름의 동태를 살핀다든지 절정에 올라 고산식물이 어떠한 몸짓과 호흡을 가지는 것을 본다든지 들에 내려가 일초일엽一草一葉이, 벌레 울음과 물소리가, 진실히도 시적 운율에서 떠는 것을 나도 따라 같이 떨 수 있는 시간을 가질 수 있음이다. 시인이 더욱이 이 시간에서 인간에 집착하지 않을 수 없다. 사람이 어떻게 괴롭게 삶을 보며 무엇을 위하여 살며 어떻게 살 것이라는 것에 주력하며, 신과 인간과 영혼과 신앙과 애愛에 대한 항시 투철하고 열렬한 정신과 심리를 고수한다. 이리하여 살음과 죽음에 대하여 점점 단이 승진되는 일개 표일한 생명의 검사로서 영원에 서게 된다.

시의 위의

　안으로 열熱하고 겉으로 서늘옵기란 일종의 생리를 압복시키는 노릇이기에 심히 어렵다. 그러나 시의 위의威儀는 겉으로 서늘옵기를 바라서 마지않는다.

　슬픔과 눈물을 그들의 심리학적인 화학적인 부면 이외의 전면적인 것을 마침내 시에서 수용하도록 차배되었으므로* 따라서 폐단도 많아 왔다. 시는 소설보다도 선읍벽善泣癖이 있다. 시가 솔선하야 울어버리면 독자는 서서히 눈물을 저작할 여유를 갖지 못할지니 남을 울려야 할 경우에 자기가 먼저 대곡大哭하야 실소를 폭발시키는 것은 소인극素人劇에서만 본 것이 아니다. 남을 슬프기 그지없는 정황으로 유도함에는 자기의 감격을 먼저 신중히 이동시킬 것이다.

　배우가 항시 무대와 객석의 제약에 세심하기 때문에 울음의 시간적 거리까지도 엄밀히 측정하였던 것이요 눈물을 차라리 검약하는 것이 아닐까. 일사불란한 모든 조건 아래서 더욱이 정식으로 울어야 하자니까 배우 노릇이란 힘이 든다. 변화와 효과를 위해선 능히 교활하기까지

---

* 구별하여 다루어 왔으므로.

도 사양하지 않는 명우名優를 따라 관중은 저절로 눈물이 방타하다.

시인은 배우보다 다르다. 그처럼 슬픔의 모방으로 종시終始할 수 있는 동작의 기사技師가 아닌 까닭이다. 시인은 배우보다 근엄하다. 인생에 항시 정면하고 있으므로 괴사를 떨어 인기를 좌우하려는 어느 겨를이 있으랴. 그러니까 울음을 배우보다 삼가야 한다.

감격벽이 시인의 미명이 아니고 말았다. 이 비정기적 육체적 지진 때문에 예지의 수원水源이 붕괴되는 수가 많았다.

정열이란 상양賞揚하기보다도 어떻게 정리할 것인가. 관료가 지위에 자만하듯이 시인은 빈핍하니까 정열을 유일의 것으로 자랑하던 나머지 턱없이 침울하지 않으면 슬프고 울지 않으면 히스테리칼하다. 아무것도 갖지 못하였다는 것은 용이한 일이다. 다시 청빈의 운용이야말로 지중한 부담이 아닐 수 없다.

하물며 열광적 변설조—차라리 문자적 지상紙上 폭동에 이르러서는 배열과 수사가 심히 황당하여 가두행진을 격려하기에도 채용할 수 없다.

정열 감격 비애 그러한 것 우리의 너무도 내부적인 것이 그들 자체로서는 하등의 기구를 갖추지 못한 무형한 업화적 괴체*일 것이다. 제어와 반성을 지나 표현과 제작에 이르러 비로소 조화와 질서를 얻을 뿐이겠으니 슬픈 어머니가 기쁜 아기를 탄생한다.

표현 기구表現器具 이후의 시는 벌써 정열도 비애도 아니고 말았다.— 일개 작품이요 완성이요 예술일 뿐이다. 일찍이 정열과 비애가 시의 원형이 아니었던 것은 다만 시의 일개 동인動因이었던 이유로서 추모를 강요하기에는 독자는 직접 작품에 저촉한다.

독자야말로 끝까지 쌀쌀한 대로 견디지 못한다. 작품이 다시 진폭과

---

* 業火的 塊體 : 불같이 일어나는 감정의 덩어리.

파동을 가짐이다. 기쁨과 광명과 힘의 파장의 넓이 안에서 작품의 앉음
앉음새는 외연히 서늘옵기에 독자는 절로 회득會得과 경의와 감격을 갖
게 된다.

　근대시가 안으로 열하고 겉으로 서늘옵기는 실상 위의 문제에 그칠
뿐이 아니리라.

시와 언어

색채가 회화의 소재라고 하면 언어는 시의 소재 이상 거의 유일의 방법이랄 수밖에 없다. 언어를 떠나서 시는 제작되지 않는다. 무기를 쓸 줄 모르는 병학자兵學者는 얼마든지 고명할 수 있었고 언어를 구성치 못하는 광의적廣義的인 심리적인 시인이 얼마나 다수일지 모른다. 그러나 총검술은 참모본부에 직속되지 않아도 부대 전戰에 지장이 없겠으나 언어구성에 백련百練하지 못하고서 '시인'을 허여하기에는 곤란한 문제다. 그야 해변에서 조개껍질을 희롱하는 어린 아이를 보고 시인이라고 흠탄하던 나머지 봄 하늘에 떠오르는 종달새를 보고 시인이란댔자 시에 있어서는 그다지 망발될 것이 아니므로 시를 남기지 아니한 추초秋草 야초野草에 싸여 누워있는 무명백골이 저 세상에서 이제 계관을 쓰고 지날지는 모른다. 마음의 표피가 호두껍질처럼 경화되어 버린 사람 이외에야 다소 시적 천성을 타고 나지 않은 이가 어디 있겠는가. 음악은 도적놈도 좋아한다는 말이 있으나 뱀도 인도 뱀은 피리소리에 맞추어 춤을 춘다.

도적도 혹은 그 행동에 따라서 시적 호의好意를 참작할 만한 예가 없지도 않았다. 그러므로 워즈워스와 하일랜드 레이스,* 백낙천과 이웃집 노구老嫗가 인간 본질적인 상태에서 시인이고 아닌 것을 차별하는 것은 시의 관후한 덕에서 거부한다. 시의 무차별적 선의성善意性은 마침내 시가 본질적으로 자연과 인간에 뿌리를 깊이 박은 까닭이니 그러므로 자연과 인간에 파 들어간 개발적 심도가 높을수록 시의 우수한 발화發花를 기대할 만하다. 뿌리가 가지를 갖는 것이 심도가 표현을 추구함과 다를 게 없다. 표현에서부터 비로소 소수의 시인이 선민적 공인을 얻게 되는 것은 불가피의 사실이니 다만 '근신'만으로서 성자가 될 수 있을는지는 모르나 '표현'이 없이는 시인이랄 수가 없게 된다. 시는 실제적으로 표현에 제한되고 마는 것이니 표현 없이는 시는 발화 이전의 수목의 생리로 그치고 말음과 같다. 그러므로 '근신'은 일종의 Action으로서 도덕과 윤리에 통로 되는 것이요 '표현'은 Making에 붙이어 예술과 구성에 마치는 것이니 Poem의 어원이 Making과 동의同義였다는 것은 자연한 일이 아닐 수 없다.

시의 표현에 있어서 언어가 최후수단이요 유일의 방법이 되고 만 것은 혹은 인류 문화기구文化器具의 불행한 빈핍貧乏일지는 모르나 언어의 불구不具를 탄嘆하는 시인이 반드시 언어를 가벼이 여기고 다른 부문의 소재를 차용치 않았다. 언어의 불구가 도리어 시의 청빈의 덕을 높이는 까닭이다. 언어의 불구에 입명立命하여 시의 청빈에 귀의치 못한 이를 시인으로 우대할 수 없게 되는 것이니 제약을 통하지 못한 비약이라는 것은 그것이 정신적인 것이 될 수 없음이다. 가장 정신적인 것의 하나인 시가 언어의 제약을 받는다는 것은 차라리 시의 부자유의 열락이요 시의 전면적인 것이요 결정적인 것으로 되고 만다. 그러므로 시인이란 언어를 어원학자처럼 많이 취급하는 사람이라든지 달변가처럼 잘하는 사람이 아니라 언어개개의 세포적 기능을 추구하는 자는 다시 언어미

---

* highland race : 스코틀랜드 고산족.

술의 구성조직에 생리적 Lift-giver가 될지언정 언어 사체死體의 해부집
도자인 문법가로 그치는 것도 아닌 것이다. 그러므로 언어는 시인을 만
나서 비로소 혈행과 호흡과 체온을 얻어서 생활한다.

시의 신비는 언어의 신비다. 시는 언어와 Incarnation적 일치다.* 그
러므로 시의 정신적 심도는 필연으로 언어의 정령을 잡지 않고서는 표
현 제작에 오를 수 없다. 다만 시의 심도가 자연 인간생활 사상에 뿌리
를 깊이 서림을 따라서 다시 시에 긴밀히 혈육화되지 않은 언어는 결국
시를 사산시킨다. 시신이 거하는 궁전이 언어요, 이를 다시 방축하는
것도 언어다.

---

* 시는 언어가 육체를 가지고 나타나 일치를 이룬 것이다.

영랑과 그의 시

(영랑이라면 예전에 영랑봉 그늘에서 한시를 많이 남기고 간 한시인漢詩人 영랑이 아니요, 김윤식 하고 보면 운양雲養으로 짐작하게 되니 영랑 김윤식은 언문으로 시를, 그도 숨어서 지어온 까닭에 남의 인식에 그다지 선명하게 윤곽이 돌 수 없는 불운을 비탄함 직하다.)

좋은 글이면 이삼차 읽어도 좋고 낮은 글이면 진정 싫다. 그저 호악好惡으로서 남의 글을 대할 수야 있으랴마는 대부분의 독자란 마호메트교도와 같은 것이니 논가論家는 마호메트교도를 일일이 붙들고 강개할 것이 아니라 마호메트적 매력과 마술에 대진할 것이 선결 문제이리라.

영랑 시의 독자가 마호메트적 교도가 될 수 없으니 영랑이 마호메트적 교조가 아닌 소이가 있다.

영랑은 이렇게 말한 적이 있다.

"내 시 독자가 다섯이나 될까?"

적어도 셋쯤은 자신이 있었던 모양이나 나머지 둘이 자신이 없었던 모양이다.

교도 다섯에 자신이 없는 마호메트가 있을 수 없는 바이니 오오, 시인 영랑으로 인하야 내가 문학적 마호메트교도를 면한 것이 다행하다!

창랑에 잠방거리는 섬들을 길러
그대는 탈도 없이 태연스럽다

마을을 휩쓸고 목숨 앗아간
간밤 풍랑도 가소롭구나

아침 날빛에 돛 높이 달고
청산아 봐란 듯 떠나가는 배

바람은 차고 물결은 치고
그대는 호령도 하실 만하다

남도에도 해남 강진 하는 강진골 앞 다도해 위에 오리 새끼들처럼 잠방거리며 노니는 섬들이 보이는 듯하지 아니한가? 섬들을 길러내기는 창랑이 하는 것이라. 이만만 하여도 이 시는 알기가 쉽다. 나머지는 읽어 보소.

그러나 이 시는 지극히 과작인 영랑의 시로서는 근작에 속하는 것이니 그다지 아기자기하게도 다정다한한 애상시인 영랑은 나이가 삼십을 넘은 후에는 인생에 다소 자신이 생기었던 것이다. 야도무인주자횡* 격으로 슬픔과 그늘에서 지나다가 비로소 돛을 덩그렇이 달고 호령 삼아 나선 것이 아닐까?

이야기는 훨씬 뒤로 물러선다.

만세 때 바로 전 해 휘문고보 교정에 정구채를 잡고 뛰노는 홍안 미소년이 하나 있었으니 밤에는 하숙에서 바이올린을 씽쌩거리는 중학생

---

* 野渡無人舟自橫 : 들에 강 건너는 사람도 없는데 배가 스스로 강을 가로질러 간다는 뜻.

이라 학교 공부는 혹은 시원치 못했을는지도 모를 일이다. 그때 그 버릇이 지금도 남아서 바이올린 감상은 상당한 양으로 자신하는 지금 영랑이 그때 그 중학생 김윤식이었으니 화가 향린*과 한패요 그 윗반에 월탄月灘이 있었고 최상급에 노작露雀, 석영夕影이 있었고 맨 아랫반 일년생에 내가 끼어 있었다. 그 후에 영랑은 한 일년 미결감생활로 중학은 삼년 진급 정도로 그치고 삐삐 말라가지고 동경으로 달아났던 것으로 생각된다.

　이십세 전 조혼이었으나 그 댁네가 절세미인이시었던 모양이다. 이십 전에 상처하였으니 영랑은 세상에도 가엾은 소년 홀아비가 되었던 것이다.

　　쓸쓸한 뫼 앞에 후젓이 앉으면
　　마음은 갈앉은 양금 줄같이
　　무덤의 잔디에 얼굴을 부비면
　　넋이는 향 맑은 구슬손같이
　　………………
　　………………

　　눈물에 실려 가면 산길로 칠십 리
　　돌아보니 한 바람 무덤에 몰리네
　　………………
　　………………

　　좁은 길가에 무덤이 하나

---

* 香隣 : 화가 이승만李承萬

이슬에 젖이우며 밤을 새인다
나는 사라져 저 별이 되오니
뫼 아래 누워서 희미한 별을

  뺨을 마음 놓고 부비어 보기는 실상 무덤 위 잔디풀에서 그리하였는지도 모를 것이다. 엄격한 남도 사람의 가정에서 층층시하 눌리어 자라나는 소년으로서 부부애를 알았을 리 없다. 소년 영랑은 상처하자 비로소 애정을 깨달았던 것이요 다짜고짜 실연한 셈이 되었으니 이 인도적 풍습으로서 온 비극으로 인하야 그는 인생에서 먼저 만난 관문이 '무덤' 이었던 것이다.

  그리하여 그의 '시' 가 처음 내어 디딘 길가에 장미가 봉오리 진 것이 아니라 후손도 없는 조찰한 무덤이 하나 이슬에 젖으며 별빛에 씻기며 봉긋이 솟아 있다.

그 색시 서럽다 그 얼굴 그 동자가
가을 하늘가에 도는 바람 씻긴 구름조각
핼쑥하고 서느러워 어디로 떠갔으랴
그 색시 서럽다 옛날의 옛날의

  워낙 나이가 어리어 여읜 아내고 보니깐 아내라기보다는 '그 색시' 로 서럽게 그리워지는 것도 부자연한 일은 아니리라. 항차 '그 색시' 가 바람에 씻긴 구름조각처럼 어딘지 떠나갔음이랴! '그 색시' 는 갔다. 그러나 불행한 '뮤즈' 가 되어서 다시 돌아왔다. 영랑은 따라나섰다.

숲 향기 숨길을 가로 막았소
발끝에 구슬이 깨이어지고

달 따라 들길을 걸어 다니다
하룻밤 여름을 새워버렸소

저녁 때 저녁 때 외로운 마음
붙잡지 못하여 걸어 다님을
누구라 불러주신 바람이기로
눈물을 눈물을 빼앗아가오

바람에 나부끼는 갈잎
여울에 희롱하는 갈잎
알 만 모를 만 숨쉬고
눈물 맺은 내 청춘의 어느 날
서러운 손짓이여

뻘은 가슴을 훤히 벗고
갯풀 수줍어 고개 숙이네
한낮에 배란 놈이
저 가슴 만졌고나
뻘건 맨발로는 나도 자꾸
간지럽구나

　불행한 뮤즈한테 끌리어 방황한 곳은 다도해변 숲속 갈밭 개흙벌 풀밭 등지였으니 영랑은 입은 굳이 봉하고 눈과 가슴으로만 사는 경건한 신적 광인이 되어 가는 것이다.

　풀위에 맺어지는 이슬을 본다

눈썹에 아롱지는 눈물을 본다
풀위엔 정기가 꿈같이 오르고
가슴은 간곡히 입을 벌린다

동경으로 떠나던 전날 밤 영랑의 시—

님 두시고 가는 길의 애끈한 마음이여
한숨 쉬면 꺼질 듯한 조매로운 꿈길이여
이 밤은 캄캄한 어느 뉘 시골인가
이슬같이 고인 눈물 손끝으로 깨치나니

청산학원에 입학된 후 고우故友 용철과 바로 친하여 버렸다. 용철은
수재 학생의 본색을 발휘하기 시작하였다. 일년 후에 동경외어 독어과
에 보기 좋게 패스하였다. 영랑의 신적 광기가 증세되었다.
　연애. 아나키즘. 루바쉬카. 장발. 이론투쟁. 급진파 교제. 신경쇠약.
중도 퇴학. 체중 11관 미만. 등등.
　영랑을 한 정점으로 한 삼각관계—그런 이야기는 아니 하는 것이
좋다.
　그러나 그의 시는 이 사건으로 인하야 일층 진경進境을 보이는 것이니
어찌 불행한 뮤즈의 노염에 타지 않았는지 모를 일이다. 불행한 사도로
하여금 시련의 가싯길을 밟게 하기 위함이었던가.

왼몸을 갈도는 붉은 핏줄이
꼭 갈긴 눈 속에 뭉치어 있네
날랜 소리 한마디 날 낸 칼 하나
그 핏줄 딱 끊어 버릴 수 없나

사랑이란 깊으기 푸른 하늘

맹세는 가볍기 흰 구름 쪽

그 구름 사라진다 서럽지는 않으나

그 하늘 큰 조화 못 믿지는 않으나

미움이란 말속에 보기 싫은 아픔

미움이란 말속에 하잔한 뉘침

그러나 그 말씀 씹히고 씹힐 때

한 꺼풀 넘치어 흐르는 눈물

눈물의 기록이라고 남의 비판이야 아니 받을 수 있나?

영랑의 시는 단조하다고 이르는 이도 있다.

단조가 아니라 순조純調다. 복잡을 통과하여 나온 정금미옥精金美玉의 순수이다.

밤새도록 팔이 붓도록 연습하는 본의는 어디 있는 것인가? 바이올린 줄의 한 가닥에 내려와 우는 천래天來의 미음美音, 최후일선에서 생동하는 음향, 악보를 모방하므로 그치어 쓰겠는가? 악보가 다시 번역할 수 없는 '소리의 생명'을 잡아내는 데 있지 아니한가?

영랑의 시는 제일장부터 그것이 백조의 노래다.

그러나 영랑은 시를 주로 연습한 것은 아니다. 시인의 손이 바이올린 채가 아닌 소이다.

낭비, 자취, 실연, 모험, 흥분, 실패, 방종, 방랑……… 그러그러한 것들이 반드시 밟아야 할 필수과목은 아니리라. 그러나 생활과 경험의 경위선을 넘어가는 청춘부대가 이러이러한 것들에게 걸리는 것도 자못 불가항력적인 것이다. 거저 거꾸러질 수는 없다. 그러한 것들은 모두 지나간다.—미묘한 음영과 신비한 음향을 흘리고 지나간 자리에서 시인은 다소 탄식과 회한이 섞인 추수를 걷게 될지는 모르나 여기서 시인의 자업자득의 연금술을 볼 수 있는 것이다. 화학적이 아닌 항시 인간적인 불가사의를 눈물겨운 결정체—그러한 것을 서정시라고 하면 아직도 속단이나 아닐까? 주저하기 전에 단언할 것이 있다.

인생에서 조준하기는 분명히 달리하였건만 실로 의외의 것이 사낙（射落）되어* 그것이 도리어 기적적으로 완성된 것을 그의 서정시에서 보고 그의 서정 시인을 경탄하게 되는 것이다.

영랑의 다음 시로 넘어가기로 하고 이번에는 이만.

영랑의 시를 논의하면 그만이지 그의 지난 연월과 사생활까지 적발할 것이 옳지 않을까 하나 노련한 수공업적 직공의 제품이 아닌 바에야 영랑 시의 수사라든지 어휘 선택이라든지 표현 기술을 들어 말함으로 그치기란 실로 견딜 수 없는 일이요 불가불 그의 생활과 내부까지 추적하여야만 시 독자로서 시인을 통째로 파악할 수 있는 것이요, 그의 생활에 그칠 것뿐이랴 그의 생리까지 음미할 필요가 있는 것이다. 왜 그런가 하니 뉴턴의 만유인력설에서 뉴턴의 생활이나 체질에 관한 것을 찾아낼 수가 조금도 없으나 보들레르의 시에서는 그의 공정한 학리를 탐구할 편의가 없다. 다분히 얻는 것은 보들레르의 시에서 그의 생활, 기질, 정서, 의지 등—보다 더 생리적인 것, 인간적인 것뿐이 아닌가.

보다 더 시의 생리적인 부면을 통하여 독자는 시의 생리적 공명을 얻는 것이니 시의 생리적인 점에서 시의 파악은 더 직접적이요, 불용간위적**이요, 문장의 이해보다도 체온의 전도인 것이다.

지식과 학문인 점에서 일개 문학자가 한마루 서정시에서 문과 여학생에게 한 몫 접히는 일이 없지도 않은 것은 무엇으로 설명할 것인고?

---

* 화살에 맞아 떨어져.
** 不容間位的 : 사이에 놓이는 것을 인정하지 않음, 즉 직접 부딪친다는 뜻.

시를 순정 지식으로 취급하여 온 자의 당연한 보수임에 틀림없다.

　　내 가슴 속에 가늘한 내음
　　애끈히 떠도는 내음
　　저녁해 고요히 지는 제
　　먼 산허리에 슬리는 보랏빛

　　오— 그 수심 뜬 보랏빛
　　내가 잃은 마음의 그림자
　　한 이틀 정열에 뚝뚝 떨어진 모란의
　　깃든 향취가 이 가슴 놓고 갔을 줄이야

　　얼결에 여윈 봄 흐르는 마음
　　헛되이 찾으랴 허덕이는 날
　　뻘 위에 철석 갯물이 놓이듯
　　얼컥 이—는 후끈한 내음

　　아! 후끈한 내음 내키다마는
　　서어한 가슴에 그늘이 드나니
　　수심 뜨고 애끈하고 고요하기
　　산허리에 슬리는 저녁 보랏빛

　시도 이에 이르러서는 무슨 주석을 시험해 볼 수가 없다. 다만 시인
의 오관에 자연의 광선과 색채와 방향과 자극이 교차되어 생동하는 기
묘한 슬픔과 기쁨의 음악이 오열하는 것을 체감할 수밖에 없다.
　동경으로부터 귀향한 영랑은 경제와 정치 기구에 대한 자연발생적

정열을 전환시키지 못하였던 모양이다. 청년회 소비조합 등에서 다소 불온한 지방적 유지이었던 것으로 생각된다. 관심의 대부분이 그러한 경취미에 속하였음에도 불구하고 그의 시에는 그의 사상과 주의의 정치성의 편영片影조차도 볼 수 없는 것은 차라리 그의 시적 생리의 정직한 성분에 돌릴 수밖에 없는 일이요 그 당시에 범람하던 소위 경향파 시인의 탁랑濁浪에서 천부의 시적 생리를 유실치 않고, 고고히 견디어 온 영랑으로 인하여 조선 현대 서정시의 일맥 혈로가 열리어온 것이 아닌가 생각된다.

그러나 시인을 다만 생리적인 점에 치중하는 것은 시인에 대한 일종의 훼손이 아닐 수 없다. 축음기 에보나이트 판이 바늘 끝에 마찰되어 이는 음향은 순수물리적인 것 이외에 아무 것도 아니겠으나 그것이 음악인 점에 있어서는 우리가 인간적 향수享受에 탐닉하여 물리적인 일면은 망각하여 버리는 것이 아니런가. 시에 기록된 시적 생리의 파동은 그것이 결국 레코드의 물리적인 것 일면에 비길 만한 다만 생리적인 것에 지나지 못하고 마는 것이니 만일 시인으로서 시에서 관능 감각의 일면적인 것의 추구에만 그치고 만다면 그것은 가장 섬세한 기교적 신경 쾌락에 대한 일종의 음일淫逸일 것뿐이요 또한 그러한 일면적인 것의 편식적 시 독자야말로 에디슨적 이과에 경도하는 몰풍치한 시적 소학생에 불과하리라. 시의 윤리에서 용허할 수 없는 일이다. 시의 고덕高德은 관능감각 이상에서 빛나는 것이니 우수한 시인은 생득적으로 염려艶麗한 생리를 갖추고 있는 것이나 마침내 그 생리를 밟고 일어서서 인간적 감격 내지 정신적 고양의 계단을 오르게 되는 것이 자연한 것이요 필연한 것이다. 시인은 평범하기 일개 시민의 피동적 의무에서 특수할 수 없다. 시인은 근직하기 실천 윤리 전공가, 수신 교원의 능동적인 점에서도 제외될 수 없다. 혹은 수신 교원은 실천과 지도에 자자孜孜함*으

* 힘씀.

로 족한 교사일는지 모르나 시인은 운율과 희열의 제작의 불멸적 선수가 아니면 아니 된다. 시인의 운율과 희열의 제작은 그 동기적인 점에서 그의 비결을 공개치 아니하나니 시작이란 언어 문자의 구성이라기보담도 먼저 성정의 참담한 연금술이요 생명의 치열한 조각법인 까닭이다. 하물며 설교 훈화 선전 선동의 비린내를 감추지 못하는 시가詩歌 유사문장에 이르러서는 그들 미개인의 노골성에 아연할 뿐이다. 그윽이 시의 Point d'appui(책원지策源地)를 고도의 정신주의에 두는 시인이야말로 시적 상지上智에 속하는 것이다. 보들레르, 베를렌 등이 구극에 있어서 퇴당방일頹唐放逸한 무리의 말기 왕이 아니요 비非프로페셔널의 종교인이었던 소이도 이에 있는 것이다.

이러한 견지에서 영랑이 어떻게 시인적 생장의 과정을 밟아 왔는가를 살피기로 하자.

영랑은 소년 적에 향토에서 불행히 할미꽃처럼 시들어 다시 근대수도의 쇠약과 격정과 불평과 과민에 중상되어 고향에 패퇴한 것이었다. 흔히 있을 수 있는 일이나 영랑에 있어서는 그것이 도에 지났던 것으로 생각된다. 그러나 그의 시에는 실상 그러한 심신의 영향이 그다지 강렬히 드러나지 아니하고 항시 은미隱微하고 섬세하고 염려艶麗하여 저창독백低唱獨白의 서정 삼매경에서 미풍이 이는 듯 꽃잎이 지는 듯 저녁달이 솟는 듯 새벽별이 옮기는 듯이 시가 자리를 옮기어 나가는 것이니 거기에는 돌연한 전향의 성명도 없고 급격한 변용의 봉목*이 보이지 아니하니 영랑 시집은 첫째 목록이 없고 시마다 제목도 없다. 불가피의 편의상 번호만 붙였을 뿐이니 한숨에 읽어나갈 수 있는 사실로 황당한 독자는 시인의 심적 과정의 기구한 추이를 보지 못하고 지날 수 있을지 모르나 그것이 영랑시의 시적 변용이 본격적으로 자연스런 점이요 시적

---

* 縫目 : 솔기. 꿰맨 흔적.

기술의 전부를 양심과 조화와 엄격과 완성에 두었던 까닭이다. 온갖 광조狂燥한 언어와 소란한 동작과 교격驕激한 도약은 볼 수 없으나 영랑 시는 감미한 수액과 은인隱忍하는 연륜으로 생장하여 나가는 것이다. 누에가 푸른 뽕을 먹고 실을 토하여 그 실 안에 다시 숨어 나비가 되어 나오는 황홀한 과정은 마술의 번복이 아니라 현묘한 섭리의 자연한 순수이겠으며 성히 벋어나가는 포도 순은 아무리 주시하기로서니 그의 기어나가는 동작을 볼 수가 없다. 그러나 하룻밤 동안에 결국 한 발이 넘게 자라는 것이 아니런가. 어느 동안에 잎새와 열매를 골고루 달았는지 놀라울 일이며 시의 우수하고 건강한 생장도 누에나 포도 순의 법칙에서 탈퇴할 수 없는 것이리라.

이리하여 시인 영랑은 차차 나이가 차고 생활에 젖고 지견을 얻자 회오, 갈앙, 체관, 해겁,* 기원의 길을 아깃자깃 밟아가는 것이었다. 영랑은 그러나 하루아침에 무슨 신정신을 발견한 것도 아니요 무엇에 귀의한 것도 아니요 청춘의 오류에 가리었던 인간 본연의 예지의 원천이 다시 물줄기를 찾은 것이다. 시와 예지의 협화는 심리와 육체를 다시 조절하게 된 것이니 고독의 철저로 육체의 초조를 극복하고 비애의 중정中正으로써 정신에 효력을 발생케 한 것이다.

제운 밤 촛불이 찌르르 녹아버린다
못 견디게 무거운 어느 별이 떨어지는가

어둑한 골목골목에 수심은 떴다 가란졌다
제운 맘 이 한밤이 모질기도 하온가
희부얀 조히 등불 수집은 걸음걸이

---

* 解劫 : 두려움을 풀어감.

샘물 정히 떠 붓는 안쓰러운 마음결

한해라 기리운 정을 묻고 싸어 흰 그릇에
그대는 이 밤이라 맑으라 비사이다   ─(〈제야〉)

내 옛날 온 꿈이 모조리 실리어간
하늘갓 닿는 데 기쁨이 사신가

고요히 사라지는 구름을 바라자
헛되나 마음 가는 그곳뿐이라

눈물을 삼키며 기쁨을 찾노란다
허공을 저리도 한없이 푸르름을

엎디어 눈물로 땅 위에 새기자
하늘갓 닿는 데 기쁨이 사신다

그러나 역시 비애와 허무와 희망이 꽃에 꽃 그림자같이 따르는 것이
니 이것은 시인 평생의 영양으로 섭취하는 것이 현명한 노릇이리라.
이러구러 하는 동안에 영랑은 다시 현부인을 맞아들이고 큰살림의
기둥이 되고 남의 아버지가 되고 어머니를 여의고 서모를 치르고 그러
고도 항시 시인이었던 것이다. 몸이 나고 살이 붙고 술이 늘고 엉뚱한
일면이 또한 있으니 이층집을 세워 세를 놓고 바다를 막아 물리치고 간
석지를 개척하고 동생을 멀리 보내어 유학 뒤를 받들고 하는 것이니 그
로 보면 영랑은 소위 병적 신경질이 아니요 영양형의 일개 선량한 필부
이다. 그러기에 그가 체중 11관 미만의 신경쇠약 시대에 있어서도 그

의 시만은 간결 청초할지언정 손마디가 앙상하다든지 광대뼈가 드러났다든지 모가지가 기다랗다든지 한 데가 없이 화려한 지체와 풍염한 홍안에 옴식옴식 자리가 패이는 것이었다.

> 모란이 피기까지는
> 나는 아직 나의 봄을 기다리고 있을 테요
> 모란이 뚝뚝 떨어져 버린 날
> 나는 비로소 봄을 여읜 설움에 잠길 테요
> 오월 어느 날 그 하루 무덥던 날
> 떨어져 누운 꽃잎마저 시들어 버리고는
> 천지에 모란은 자취도 없어지고
> 뻗쳐오르던 내 보람 서운케 무너졌느니
> 모란이 지고 말면 그뿐 내 한해는 다 가고 말아
> 삼백三百 예순날 하냥 섭섭해 우옵내다
> 모란이 피기까지는
> 나는 아직 기다리고 있을 테요 찬란한 슬픔의 봄을

 모란을 이처럼 향수한 시가 있었던지 모르겠다. 영랑은 마침내 찬란한 비애와 황홀한 적막의 면류관을 으리으리하게 쓰고 시도詩道에 승당입실昇堂入室한 것이니 그의 조선어의 운용과 수사에 있어서는 기술적으로도 완벽임에 틀림없다. 조선어에 대한 이만한 자존과 자신을 갖는다면 아무 문제가 없을까 한다. 회우석상會友席上에서 흔히 놀림감이 되는 전라도 사투리가 이렇게 곡선적이요 감각적이요 정서적인 것을 영랑의 시로써 깨닫게 되는 것이 유쾌한 일이다.

 호르 호르르 호르르르 가을아침

취어진 청명을 마시며 거닐면
수풀이 호르르 벌레가 호르르르
청명은 내 머릿속 가슴속을 젖여들어
발끝 손끝으로 새어나가나니
온 살결 터럭 끝은 모다 눈이요 입이라
나는 수풀의 정을 알 수 있고
벌레의 예지를 알 수 있다
그리하여 나도 이 아침 청명의
가장 고웁지 못한 노래꾼이 된다

수풀과 벌레는 자고 깨인 어린애
밤 새어 빨고도 이슬은 남았다 (하략)

영랑 시가 여기에 이르러서는 차라리 평필을 던지고 독자로서 시적 법열에 영육의 진경*을 견디는 외에 아무 발음이 있을 수 없다. 자연을 사랑하느니 자연에 몰입하느니 하는 범신론자적 공소한 어구가 있기도 하나 영랑의 자연과 자연의 영랑에 있어서는 완전일치한 협주를 들을 뿐이니 영랑은 모토母土의 자비로운 자연에서 새로 탄생한 갓 낳은 새 어른으로서 최초의 시를 발음한 것이다.

환경과 운명과 자업自業에서 영랑은 제2차로 탄생한 것이다. 결론은 간단할 수 있으니 시인은 필부로 장성하여 다시 흉터 하나 없이 옥같이 시로 탄생하는 것이다.

영랑 시를 논의할 때 그의 주위인 남방 다도해변의 자연과 기후에 감사치 않을 수 없으니 물이면 거세지 않고 산이면 험하지 않고 해가 밝

---

* 震慶 : 영육이 떨리는 경사스러움.

고 하늘이 맑고 땅이 기름져 겨울에도 장미가 피고 양지쪽으로 옮겨 심은 배추가 통이 앉고 젊은 사람은 솜바지가 훗훗하여 입기를 싫어하는가 하면 해양기류 관계로 여름에 바람이 시원하여 덥지 않은 이상적 남방풍토에, 첫 정월에도 붉은 동백꽃 같은 일대의 서정시인 영랑이 하나 남직한 것도 자못 자연한 일이로다.

《문장》지 시선후평 1

깊숙이 숨었다가 툭 튀어 나오되 호랑이처럼 무서운 시인이 혹시나 없을까? 기다리지 않았던 바도 아니었으나 이에 골라낸 세 사람이 마침내 호랑이가 아니고 말았다.

조선에 시가 어쩌면 이다지도 가난할까? 시가 이렇게 괴죄죄하고 때묻은 것이라면 어떻게 소설을 보고 큰소리를 할꼬! 소설가가 당신네들처럼 말 얽기와, 글월 세우기와, 뜻을 밝힐 줄을 모른다면, 거기에 글씨까지 괴발개발 보잘 것이 없다면, 애초에 소설도 쓸 생각을 버릴 것이겠는데 하물며 당신네들처럼 감히 문장 이상의 시를 쓸 뜻인들 먹을 리가 있으리까? 투고를 살피건대 소설은 아주 적고 시는 범람하였으니 무엇을 뜻함인지 짐작할 것이며, 일찍이 시를 심히 사랑은 하되 지을 생각은 아예 아니하는 어떤 소설가 한 분을 보고 칭찬한 적이 있었으니 그를 보고 시를 아니 쓰는 이유만으로서 시를 아는 이라고 하였다. 시를 앞에 놓고 자리를 조금 물러나서 능히 볼 줄 아는 이를 공자가 가여어시*라고 하신 것이 아니었던가 생각되기도 한다. 그렇다고 당신네들이나, 우리들이 시를 짓기보다도 시와 씨름을 아니 겨루고 그칠 노릇

---

* 可與語詩 : 더불어 시에 대해 이야기할 만하다.

이오? 자꾸 지어서 문장사로 보내시오. 정성껏 보아 드리리다. 그러나 잡지에 글을 던져 보내기란 대개 가장 자신이 있어서거나, 그렇지 않으면 가장 용감한 이거나, 가장 자신이 없어서거나, 혹은 가장 무책임한 이도 한번은 하여봄직한 일이니 글을 보내시려거든 사자四者 중에 택기일擇其—하여 하십시오.

백여 편 투고 중에서 선選에는 들고 발표까지에는 못 든 분도 몇 분 있으시니 부디 섭섭히 여기시지 마시고 꾸준히 공부하시고 애쓰시고 줄곧 보내시오. 샘물도 끝까지 끓이면 다소 소금 적이 드러나는 것이니 시인도 참고 견디는 덕을 닦아야 시가 마침내 서슬이 설 것입니다.

내 손으로 가려낸 이가 이다음에 대성하신다면 내게도 일생의 광영이 될 것이요 우수한 시를 몰라보고 넘기었다면 그는 얼마나 높은 시인이시겠습니까! 그러나 빛난 것이 그대로 감추일 수는 없는 것이외다. 그리고 남의 평을 듣기에 그다지 초조할 것이 없으니 그저 읽고 생각하고 짓고 고치고 앓고 말라 보시오. 당신이 닦은 명경에 당신의 시가 스스로 웃고 나설 때까지.

백여 편이 넘는 투고를 어떻게 일일이 평하여 드릴 수가 있습니까. 우표는 동봉하지 말고 글만 보내시고 다음에 당선된 세분의 시는 무슨 등급을 부치는 뜻이 아니니 그리 짐작하시압.

조지훈 군. 〈화비기華悲記〉도 좋기는 하였으나 너무도 앙증스러워서 〈고풍의상〉을 취하였습니다. 매우 유망하시외다. 그러나 당신이 미인화를 그리시려면 이당以堂 김은호 화백을 당하시겠습니까. 당신의 시에서 앞으로 생활과 호흡과 연치와 생략이 보고 싶습니다.

김종한 군. 당신이 발표하신 시를 한 두 번 본 것이 아니오나 번번이 좋았고 번번이 놀랍지는 않습다. 이 경쾌한 '코댁' 취미가 마침내 시의 미술적 소부분에 지나지 않습니다. 그러나 하도 텁텁하고 구지레한 시만 보다가 이렇게 명암이 적확한 회화를 만나보아 마음이 밝지 않을 수 없습니다. 어서 학교를 마치시고 깊고 슬프십시오.

　황 민 군. 월광과 같이 치밀하고 엽록소같이 선선하고 꿈과 같이 미끄러운 시를 혹은 당신한테 기대해야 할 것인지도 모르겠습니다. 기이한 수사에 너무 팔리지 마시오. 단 한편 가지고 당선이 되었다면 그것은 당신의 우연한 행복이외다. 다음에는 대담 명쾌하게 실력을 보이십시오.

— 《문장》 제1권 제3호(1939년 4월호).

《문장》지 시선후평 2

향을 살에 붙일 수 있을 양이면 머리털부터 발끝까지 이 귀한 냄새를 지니기가 어려운 노릇이 아닐 것이로되 무슨 놀라울 만한 외과 수술이 발견되기 전에야 표피 한 겹 안에다가 향을 간직할 도리가 있으랴. 시를 향에 견주어 말하기란 반드시 옳은 비유가 아니나 향처럼 시를 몸에 장식할 수 있다고 하면 대체 신체 어느 부분에 붙어 있을 것인가. 미친 놈이 되어 몸에 부적처럼 붙이고 다닐 것인가. 소격난* 사람의 두뇌에 잉글리시 유머를 집어넣기를 억지로 해서 아니 될 것도 없을 것이나 우리가 소격난적 벽창호가 아닐 바에야 시를 어찌 외과 수술을 베풀어 두 개골 속에 집어넣어 줄 수가 있느냐 말이다. 시는 마침내 선현이 밝히신 바를 그대로 좇아 오인吾人의 성정에 돌릴 수밖에 없다. 성정이란 본시 타고 난 것이니 시를 가질 수 있는 혹은 시를 읽어 맛들일 수 있는 은혜가 도시 성정의 타고난 복으로 칠 수 밖에 없다. 시를 향처럼 사용하여 장식하려거든 성정을 가다듬어 꾸미되 모름지기 자자근근孜孜勤勤히** 할 일이다. 그러나 성정이 수성水性과 같아서 돌과 같이 믿을 수는 없는 노릇이니 담기는 그릇을 따라 모양을 달리하며 물감대로 빛깔이

---

* 蘇格蘭 : 스코틀랜드.
** 매우 부지런하게.

변하는 바가 온전히 성정이 물을 닮았다고 할 것이다. 그뿐이랴. 잘못 담기어 정체하고 보면 물도 썩어 독을 품을 수가 있는 것이 또한 물이 성정을 바로 닮았다고 해야 할 것이다. 성정이 썩어서 독을 발하되 바로 사람을 상할 것인데도 시라는 이름을 뒤집어쓰고 나오는 것이 세상에 범람하니 지혜를 갖춘 청춘사녀青春士女들은 시를 감시하기를 맹금류의 안정眼睛처럼 빠르고 사납게 하되 형형한 안광眼光이 능히 지배紙背를 투透할 만한 감식력을 가져야 할 것이다. 오호 시라고 그대로 바로 맞아들일 수 있을 것인가. 도적과 요녀는 완력과 정색正色으로써 일거에 물리칠 수 있을 것이나 지각과 분별이 서기 전엔 시를 무엇으로 방어할 것인가. 시와 청춘은 사욕에 몸을 맡기기가 쉬운 까닭이다. 하물며 열정劣情 치정癡情 악정惡情이 요염한 미문美文으로 기록되어 나오는 데야 쓴 사람이나 읽는 이가 함께 흥흥 속아 넘어가는 것이 차라리 자연한 노릇이라고 그대로 버려둘 것인가! 목불식정目不識丁의 농부가 되었던들 시하다가 성정을 상케 하지 않았을 것이니 누구는 이르기를 시를 짓느니보다 밭을 갈라고 하였고 공자 가라사대 시삼백에 일언이폐지왈사무사*라고 하시었다.

투고 수는 먼저보다도 곱절이 많아 수백 편이 되나 질이 좋은 것이 아주 적다. 지면이 넉넉할 것이면 소위 독자시단이라는 것처럼 하여 너그럽게 취급함직도 하나 《문장》의 태도로서는 일 년에 잘해야 한 두 사람 우수한 시인을 얻기가 목적이요 무정견한 포용책을 갖지 않는 바에야 선자選者로서 그대로 좇기가 불평스럽지도 않다. 이번에도 역시 세 사람을 뽑았다. 한번 뽑고서는 그대로 아무 책임을 지지 않는 것이 아니니 설령 호마다 발표되지는 아니할지라도 원고를 다달이 보내주어야 되겠다. 삼차 당선으로 대시인이 되는 것인 줄은 마침 모르겠으나 《문

---

* 詩三百 一言以蔽之曰思無邪 : 시경에 수록된 300편의 시를 한마디로 말하면 생각에 사특함이 없다고 하겠다.

장)이 있기까지는 객이 아니라 가족이 되는 것만은 사실이니 투고하는 이는 먼저 《문장》의 결벽과 성의만은 이해하여야 할 것이다. 제1회로 당선하였던 세 분은 이번 호에는 쉬기로 하였다. 황민 군은 원고가 없으니 그만이고 조지훈 군은 이번 시는 지저분하니 기구器具만 많았지 전 것만 못하고 김종한 군은 낙선落選 감은 보내는 적이 아직까지는 없었으나 요새 청년을 꽉 믿을 수야 있나. 김 군의 이번 시도 좋았으나 다른 사람을 위하여 좀 더 참아 기다리고 더 낳은 시를 보내기 바라며 박남수 군의 시의 수사는 차라리 당선급보다 낳은 데도 있으나 시혼의 치열한 점이 부족한 듯하여 연 2차 할애하였으니 다음에는 더 낳은 시를 보여주기 바랍니다.

이한직 군. 시가 노성老成하여 좋을 수도 있으나 젊을수록 좋기도 하지 아니한가. 패기도 있고 꿈도 슬픔도 넘치는 청춘 이십이라야 쓸 수 있는 시다. 선이 활달하기는 하나 치밀치 못한 것이 흠이다. 의와 에를 틀리지 마시오. 외국단어가 그렇게 쓰고 싶을 것일까?

조정순 군. 남자는 원래 전장에 광산에 갈 것이요 서정시는 여자한테 맡길 것인 줄로 내가 주장하여 오는 터인데 당신이 바로 그것을 맡으실 분입니까? 어쩌면 여학생 태를 여태껏 못 벗으셨습니까. 눈을 맞고도 붉은 동백꽃 같은 시심이 흐르기에 선하였을 뿐이니 다음에는 비약하십시오.

김수돈 군. 경상도에서 오는 시고詩稿가 흔히 조사와 철자에 정신없이 틀린다. 원고지도 좋은 것을 쓰시고 첫째 글씨를 잘 쓰셔야 합니다. 활자 직공의 은공 때문에 시인의 필적이 예술 노릇을 아니하여도 좋게 넘어가는 것이 유감입니다. 당신의 소박하고 고운 시심이 아슬아슬하게 당선된 것이니 다음에는 발분망식發憤忘食하여 두각을 드러내십시오.

— 《문장》 제1권 제4호(1939년 5월호).

《문장》지 시선후평 3

김종한 군. 〈고원의 시〉와 그늘은 서로 고향이 달라서 앉기를 낯설어 할지 모르나 〈고원의 시〉를 〈가족회의〉와 앉히기는 선자選者가 싫습니다. 꿰맨 자취가 보이는 것은 천의무봉天衣無縫이 아닙니다. 〈가족회의〉에는 군색한 딴 헝겊쪽이 붙었기에 할애하였으니, 혼자만 알고 계시오. 당신이 구태여 추천의 수속을 밟는 태도는 당당하시외다. 유유연悠悠然히 최종 코스로 돌입하시오.

박두진 군. 당신의 시를 시우詩友 소운素雲한테 자랑삼아 보였더니, 소운이 경륜經綸하는 중에 있던 산山의 시를 포기하노라고 합디다. 시를 무서워할 줄 아는 시인을 다시 무서워할 것입니다. 유유히 펴고 앉은 당신의 시의 자세는 매우 편하여 보입니다.

이한직 군. 다소 영웅적인 청신한 당신의 시적 페이소스는 사랑스럽습니다. 일거에 2회 당선. 선자는 인제부터 당신을 감시하오리다.
— 《문장》 제1권 제7호(1939년 8월호).

《문장》지 시선후평 4

  김종한 군. 달리는 말이 준마고 보면 궁둥이에 감기는 채찍이 도리어 유쾌할 것이요. 김 군! 더욱 빨리 달아나시오. 경쾌하고 상량爽凉한 당신 포에지에서 결코 시적 스너버리(snobbery)를 볼 수 없는 것이 기껍고 믿음직하외다. 위선이란 흔히 장중한 허구를 유지하기에 힘든 것인데 당신의 시는 솔직하고 명쾌하고 단순하기 때문에 절로 쉬운 말과 직절한 센텐스와 표일한 스타일을 가지게 되는 것입니다. 비애를 기지로 포장하는 기술도 좋습니다. 좀처럼 남의 훼예와 비평에 초조하지 않을 만한, 일지一知한 개성을 볼 수 있는 것도 좋습니다. 이리하여 당신은 추천전 제3회를 보기 좋게 돌파하였습니다.

  이한직 군. 호랑이랄지는 모르겠으나 표범처럼 숨었다가 튀어나온 시인이 당신이외다. 당신을 제3회를 처리하고 났으니 이제 다시 꽃처럼 숨은 시인을 찾으러 나서야 하겠소. 저윽이 방자에 가깝도록 불기不羈의 시를 가진 당신의 앞날이란 가외可畏하외다. 분방 청신한 점으로서 시단의 주목을 끌 것이요. 시는 실력이라기보다도 먼저 재분이 빛나야 하는 것인데 당신한테서 그것을 보았습니다. 젊고도 슬프고 어리고도 미소할 만한 기지를 갖춘 당신의 시가 바로 현대시의 매력일까 합니다.

—《문장》 제1권 제6호(1939년 7월호).

《문장》지 시선후평 5

　한번 추천한 후에 실없이 염려되는 것이 이 사람이 뒤를 잘 댈까 하는 것이다. 어떤 이는 실수 없이 척척 대다시피 하나 어떤 이는 둘째 번에 허둥지둥하는 꼴이 원 이럴 수가 있나 하는 기대에 아주 어그러지는 이도 있다.

　그럴 까닭이 어디 있을까? 다소의 시적 정열보다도 초조로 시를 대하는 데 있을까 한다. 격검擊劍 채를 들고 나서듯 팽창한 자신과 무서운 놈이 누구냐 하는 개성이 서지 못한 까닭이다. 이십 전후에 서정시로 쨍쨍 울리는 소리가 아니 나서야 가망이 적다. 소설이나 논설이나 학문과는 달라서 서정시는 청춘과 천재의 소작이 아닐 수 없으니 꾀꼬리처럼 교사驕奢한 젊은 시인들아 쩔쩔맬 맛이 없는 것이다.

　선자의 성벽을 맞추어 시조詩調를 바꾸는 꼴은 볼 수가 없다. 일고할 여지없이 물리치노니 해를 입지 말기 바란다. 오신혜 군. 시를 줄이면 시조가 되고 시조를 늘려 시가 되는 법입니까. 시가 골수에 스며들도록 맹성猛省하시오. 김수돈 군. 제1회 당선시는 전에 써서 아껴 두었던 것이요 요새 보내는 것은 임시 임시 자꾸 써서 보내시는 것이나 아닙니까? 자가自家의 좋은 본색을 자각치 못하고 시류와 상투에 급급하시는 당신을 어떻게 책임지겠습니까. 조지훈 군. 당신의 시적 방황은 매우 참담하시외다. 당분간 명경지수明鏡止水에 일말백운一抹白雲이 거닐듯이 한아閑雅한 휴양이 필요할까 합니다. 김두찬 군. 몇 편 더 보내보시오. 경성전기학교 김 군. 〈차창〉이 어디에 발표되었던 것이나 아닙니까. 의아스러워 그러하니 그렇지 않다는 것을 알리어 주시고 다시 수편을 보내 보시오.

　박목월 군. 등을 서로 대고 돌아 앉아 눈물 없이 울고 싶은 리리시스트를 처음 만나 뵙니다 그려. 어쩌자고 이 험악한 세상에 애련측측哀憐惻惻한 리리시즘을 타고나셨습니까! 모름지기 시인은 강해야 합니다. 조롱 안에서도 쪼그리고 견딜 만한 그러한 사자처럼 약아야 하지요. 다음에는 내가 당신을 몽둥이로 후려갈기리라. 당신이 얼마나 강한 지를 보기 위하여 얼마나 약한 지를 추대推戴하기 위하여!

　박두진 군. 제1회적 시는 완전히 조탁을 지난 것이었으나 이번 것은 그렇지 못하시외다. 당분간 답보를 계속하시렵니까. 시상도 좀 낡은 것이 아닐 수 없습니다. 고루청풍高樓淸風에 유화流畵한 변설*— 당신의 장점을 오래 고집하지 마시오. 이래도 선뜻 짜이고 저래도 짜이는 시적 재화가 easy going으로 낙향하기 쉬운 일이니 최종 코스를 위하여 맹렬히 저항하시오!

—《문장》 제1권 제8호(1939년 9월호).

---

* 辯說 : 높은 누각 맑은 바람에 흐르는 그림 같은 언설.

《문장》지 시선후평 6

화가도 능히 글을 쓴다. 그림 이외에, 설령 서툴어도 남이 책할 리 없을 글을 써서 행문이 반듯하고 얌전할 뿐 아니라, 의사를 바로 표하기보다도 정취가 무르녹은 글을 쓸 줄 안다. 내가 사귀는 몇몇 화가는 화론이며 화평이며 수필, 사생문, 소품문을 써서 배울 만한 데가 있고, 관조와 감수에 있어서, '문文' 이상의 미술적인 것을 문으로 표현하는 수가 있다. 자기가 본시 이에 정진하였던 바도 아니요, 그것으로 조금도 문인의 자랑을 갖지도 않건만, 언문에 한자를 섞어 그적거리는 것이 유일의 장기가 되는 문단인보다도 빛난 소질을 볼 수가 있다. 술을 끝까지 마시고 주정을 하여도 굵고 질기기가 압도적이요 아침에 툭툭 털어 입는 양복 어울림새며 수수하게 매달린 넥타이 모양새까지라도 아무리 마구 뒤궁굴렸다가 일어 세울지라도 소위 문인보다는 격과 멋을 잃지 않는다. 문학인이 추구할 바는 정신미와 사상성에 있는 배니, 복장이나 외형미로 논란하기란 예禮답지 못한 노릇이라고 하라. 그러나 지향하고 수련하는 바가 순수하고 열렬한 것이고 보면 몸짓까지도 절로 표일하게 되는 것이니, 베토벤을 사로잡아 군문이나 법정에 세울지라도 그의 풍모는 역시 일개 숭고한 자연이 아닐 수 없으리라. 편벽된 관찰이 아닐지 모르겠으나, 같은 레퀴엠 음악을 듣는데도 문인이 화가보다 둔

재바리가 많다. 이유가 어디 있을까? 화가는 입문 당초부터 미의 모방이었고 미의 연습이었고 미의 추구요 제작인 것이 원인일 것이니 따라서 생활이 불행히 미 중심에서 어그러질지라도 미에 가까워지려는 초조한 행자이었던 것이요 순수한 제작에 손이 익은 것이다. 한 가지에 능한 사람은 다른 부문에 들어서도 비교적 수월한 것이니, 화畵에 문文을 겸한다는 것이 심히 자연스런 여력이 아닐 수 없다. 운동의 요체를 파악한 선수는 보통 야구, 축구, 농구쯤은 겸할 수 있음과 다를 게 없다. 문인인 자 반드시 반성할 만한 것이 그대들은 미적美的 연금鍊金에 있어서 화가에 미치지 못하고 지적知的 참모參謀에 있어서 장교를 따르지 못하는 어중간에 쩔쩔매는 촌놈이 대다수다. 하물며 주량에 인색하고 책을 펴매 줄이 올바로 내리지 못하고 붓을 들어 치부 글씨도 되지 못하고도 하필 만만한 해방된 언문 한자가 그대들을 얻어걸린 것인가. 시니 소설이니 평론이니 하는 그대들의 '현실' 과 '역사적 필연' 의 사업에 애초부터 '미술' 이 결핍되었던 것이니, 온갖 문학적 기구를 짊어지고도 오직 한 개의 '미술' 을 은혜 받지 못한 불행한 처지에서 문학은 그대들이 까맣게 치어다볼 상급의 것이 아닐 수 없다. 문학은 '미술' 을 발등상*으로 밟고도 그 위에 다시 우월한 까닭에!

김수돈 군. 시의 태반은 아무리 생각하여도 쾌활보다도 비애인 것 같습니다. 당신의 시를 읽을 때마다 어쩐지 슬픔에 염색되지 않을 수 없습니다. 비애에서도 항시 미술을 계획하는 것은 이러한 의미에서 시인은 비애의 장인이기도 합니다. 경상도 사람들은 곡할 때 갖은 사설을 늘어놓는데 당신의 슬픔에는 다행히 사설은 없으나, 흉악한 사투리가 통째로 나오는 일이 있으니, 이러한 점에 주의하시오. 안심하시고 최종 코스를 위하여 정진하시오.

---

* 凳床 : 나무를 상 모양으로 짜 만들어 발을 올려놓는 데 쓰는 가구.

박남수 군. 듣자하니 당신은 체구가 당당하기 씨름꾼과 같으시다 하는데, 시는 어찌 그리 섬섬약질에 속하시는 것입니까. 금박이 설령 24금에 속하는 것에 틀림없을지라도 입김에도 해어지는 것이요 백금선이 가늘지라도 왕수를 만나기 전에는 여하한 약품에도 작용되지 않습니다. 당신의 시가 금박일지는 모르겠으나, 백금선이 아닌 모양인데 하물며 왕수를 만나면 어찌하시려오.

—《문장》 제1권 제9호(1939년 10월호).

《문장》지 시선후평 7

　박남수 군. 시를 쫓아 잡는 데도 법이 있을 것이오. 노루사냥처럼 지나는 목을 지켰다가 총을 놓아 잡듯이 토끼를 위로 위로 몰이하여 그물에 걸리면 귀를 잡아채어 들듯이, 그러나 나는 새를 손으로 훔켜잡는 그러한 기적에 가까운 법을 기대할 수야 있습니까. 혹은 영리한 아이들처럼 발자취 소리를 숨기어 가며 나비를 뒤로 잡듯이 함도 역시 타당한 법일진댄 박 군의 포시법捕詩法은 아마도 나비를 잡는 법일까 합니다. 나비를 잡던 법으로 다음에는 표범을 한 마리 잡아오면 천금 상을 드리리다.

　신진순 군. 특별히 규수시인이랄 것이 없는 규수시인들의 시는 다분히 남성적이었다. 실로 여성적인 시가 기대됨직도 할 때 혹은 신 군의 시가 감각적이요 정서적인 것보다도 여성 특유의 '심리적'인 것을 선자만이 발견한 것일까? 기술이 리파인되지* 못하고 위태위태 늘어세운 것이 도리어 날카롭기까지 하다. 표현 이전의 포에지의 소박한 Intensity를 넘겨다볼 수 있다. 다음에는 원고 글씨까지 채점할 터이니 글씨도 공부하시오.　　　　　　—《문장》 제1권 제10호(1939년 11월호).

---

* refine되지 : 세련되지.

《문장》지 시선후평 8

조지훈 군. 언어의 남용은 결국 시의 에스프리를 해소시키고 마는 것이겠는데 언어의 긴축 절제 여하로써 시인으로서 일가를 이루고 안 이룬 것의 일단을 엿볼 수 있는 것인 줄로 압니다. 그러나 이런 시작적詩作的 생장과정은 연치와 부단한 습작으로서 자연히 발전되는 것이요 일조一朝의 노성연*으로 되는 것은 아닙니다. 언어의 다채, 다각, 미묘, 곡절 이러한 것이야말로 청춘시인의 미질美質의 산화散火가 아닐 수 없습니다. 청년 조 군은 시의 장식적인 일면에 향하여 얼마나 찬란한 타개를 감행한 것일지! 그러나 시의 미적 근로는 구극에 생활과 정신에 경도할 것으로 압니다.

박목월 군. 민요에 떨어지기 쉬울 시가 시의 지위에서 전락되지 않았습니다. 근대시가 '노래하는 정신'을 상실치 아니하면 박 군의 서정시를 얻을 것으로 생각합니다. 충분히 묘사적이고 색채적이기도 합니다. 이러한 시에서는 경상도 사투리도 보류할 필요가 있는 것이나 박 군의 서정시가 제련되기 전의 석금石金과 같아서 돌이 금보다 많았습니다. 옥의 티와 미인의 이마에 사마귀 한 낱이야 버리기 아까운 점도 있겠으나

---

* 老成然 : 하루아침에 나이가 들어서.

서정시에서 말 한개 밉게 놓이는 것을 용서할 수 없는 것이외다. 박 군의 시 수편 중에서 고르고 골라서 겨우 이 한편이 나가게 된 것이외다.

—《문장》제1권 제11호(1939년 12월호).

《문장》지 시선후평 9

　요새 어찌 나이 쌈이 그리 소란한가. '30대작가' '20대작가' 란 누구한테서 나온 말인지, 허기야 나이가 삼십이 넘고 보면 삼십 전에 그렇게 아니꼽던 '어른' 이 차차 노릇하고 싶은 것이기도 하렸다. 우리가 한이십 적엔 어찌어찌 하였더라는 것은 오십 이상 사람들이 하는 보기에 딱한 말버릇이다. 제가 제 이야기를 하는 동안에 부지중 제가 다소 영웅이었더라는 것은 물이 위에서 아래로 구르기보다도 용이한 설단*의 자연퇴세가 아닐지.

　우스운 이야기가 있다. '20대 신인' 계용묵 씨와 '30대 기성' 임화 씨 사이에 연치는 문단 규정대로 되었을지 몰라도 계용묵 씨 슬하에 중학교에 다니는 아들이 있다. 실력과 사상력이라는 것은 '정신내과' 에 축적될 만한 것이요 입술 근처에 여드름딱지 성종**으로 달고 다닐 것은 아니리라. 기회와 정실이 발표의 길을 일찍 열었기로 이십 적 '고민' 과 '불행' 에 새삼스럽게 장중하실 것이 우습지 아니한가. 김종한 이한직 양군이 나가자 냅다 한대 갈긴 것이 효력이 너무 빨랐든지 '책임' 이 돌아오는 모양인데 지라면 질 터이니 책임지는 방법을 보이라. 비단

---

* 舌端 : 혀끝.
** 成腫 : 종기가 곪은 것.

김종한 군이라 《문장》을 통하여 나가는 사람이 나가서 갈기기는 갈기되 어퍼컷으로 갈기지는 말라고 '명령계통'을 분명히 하라는 말인가. 사공명이 주생중달*이랬는데 대을파소對乙巴素 '권투전'에 엠파이어로 서기가 괴로우니 《신세대》에 공명이 다시 아량이 있거든 이왕이면 '20대 작가'로 내려서라. "7세 이전에는 지능이랄 것이 없었고, 14세 이후에는 모처럼 만의 지능도 정욕으로 인하야 어지러워진 것을 생각하면 교육의 시기라는 것은 극히 짧다. 26세의 예술가여, 그대는 상기 아무것에 대하여서나 사색하여 본 일이 없었다고 생각하여야 하느니라." 막스 쟈콥은 단기에 졸업하였던 모양인지, 대다수의 '30대 작가'가 바야흐로 정욕의 중통기重痛期에 들어 자꾸 도당徒黨을 부르지 아니하나. 도당에 대한 부단한 설계로 몸이 다시 파리하니 이에 '시대적 고민'이 가증加症하고 보면 고름이 삼중三重이다.

박두진 군. 박 군의 시적 체취는 무슨 삼림에서 풍기는 식물성의 것입니다. 실상 바로 다옥한 삼림이기도 하니 거기에는 짐승이나 뱀이나 개미나 죽음이나 슬픔까지가 무슨 수취獸臭를 발산할 수 없이 백일白日에 서느롭고 푸근히 젖어 있습디다. 조류의 울음도 기괴한 외래어를 섞지 않고 인류와 친밀하여 자연어가 되고 보니 끝까지 박 군의 수림樹林에는 폭풍이 아니 와도 좋습니다. 항시, 멀리 해조海潮가 울듯이 쏴— 하는 극히 섬세한 송뢰松籟를 가졌기에, 시단에 하나 '신자연'을 소개하며 선자는 만열滿悅 이상이외다.

박남수 군. 이 불가사의의 리듬은 대체 어데서 오는 것이리까. 음영과 명암도 실로 치밀히 조직되었으니 교착된 '자수'刺繡가 아니라 시가 지상紙上에서 미묘히 동작하지 않는가. 면도날이 반지半紙를 먹으며 나가듯 하는가 하면 누에가 뽕잎을 삭이는 소리가 납니다. 무대 위에서

---

* 死孔明 走生仲達 : 죽은 공명이 산 사마중달을 쫓는다는 《삼국지》의 고사.

허세를 피는 번갯불이 아니라 번갯불도 색실같이 고운 자세를 잃지 않은 산 번갯불인데야 어찌하오. 박 군의 시의 '인간적'인 것에서 이러한 기법이 생기었소. 시선詩選도 이렇게 기쁠 수 있을 양이면 이 밤에 내가 태백太白을 기울이어 취할까 합니다.

— 《문장》 제2권 제1호(1940년 1월호).

《문장》지 시선후평 10

글이 좋은 이의 이름은 어쩐지 이름도 돋보인다. 이름을 보고 글을 살피려면 글씨도 다른 것보다 뛰어난다. 원고지 취택에도 그 사람의 솜씨가 드러나 글과 글씨와 종이가 그 사람의 성정과 풍모와 서로서로 어울리는 듯도 하지 않은가. 글을 보고 사람까지 보고 싶게 되는 것에는 이러한 내정內情이 있다. 원고에서 그 사람의 향기를 보게쯤 돼야만 그 사람이 '글하는 사람'으로서 청복清福을 타고난 사람이다.

'칠생보국七生報國'이라는 말이 있다. 문약한 사람으로서 이렇게 지독한 문구에 좀 견디기 어렵다. 그러나 일곱 번 '인도환생人度還生'하여 나올지라도 글을 맡길 수 없는 자들을 지저분하게 만나게 된다. 괴덕스럽고 억세기가 천편일률이다. 단정학은 단정학으로 사는 법이 있고 황새는 황새대로 견디는 법이 있거니 황새가 아예 단정학을 범할 바가 없거늘 글과는 담을 쌓은 자들이 글에서 거치적거린다. 생물에는 적응성이라는 것이 있다. 괴덕스럽고 억세고 누陋한 사람은 그대로 살아가야만 되게 된 것이니 만일 이러한 사람들을 글과 그림과 음악에서 해방한다면 놀랄 만한 성능을 발휘할 것이니 어시장, 광산, 취인소,* 원외단 소굴에서 바로 쾌적한 선수가 될 것이다. 어찌하여 문학에서 연연히 떠나

---

* 거래소.

지 못하는 것이냐! 지방에서 불운하야 앙앙怏怏하는* 청년들은 대가大家 숭배벽이 있다. 그들이 만일 편집실에 모이는 원고를 검열한다면 기절하리라.

글씨를 바로 쓰고 못쓰는 것은 문제 할 것이 아니다. 혹은 문장 조사도 문학에서 제일의적第一義的인 것은 아니다. 그러나 예술제작에 천품天品이 거세되고 철학적 사변에 항력抗力을 상실한 문예시장의 거간꾼 — 언감생심焉敢生心에 '비평가'냐? '작가'냐?

권력이라는 것은 화약처럼 위험한 때가 있다. 게다가 관권에 합세合勢에 시류에 차거借據하는** '문학'! 문학이 혹은 여당에서 야당에서 은퇴하는 것일지도 모른다.

조지훈 군. 작년 삼월에 누구보다도 먼저 당선하여 금년 이월 이래 열한 달 만에 괴팍스런 《문장》 추천제를 돌파하시는구려. 미안스러워 친히 만나면 사과할 각오가 있습니다. 그러나 무릇 도의적인 것이나 예술적인 것이란 그것이 치열한 것이고 보면 불행한 기간이나 환경이란 것이 애초에 없는 것이외다. 잘 견디고 참으셨습니다. 선자의 못난 시어미 노릇으로 조 군을 더욱 빛나게 하였는가 생각하면 어쩐지 선자도 한목 신이 납니다. 조 군의 회고적 에스프리는 애초에 명소고적名所古蹟에서 날조한 것이 아닙니다. 차라리 고유한 푸른 하늘 바탕이나 고매한 자기 살결에 무시로 거래去來하는 일말운하一抹雲瑕와 같이 자연과 인공의 극치일까 합니다. 가다가 명경지수에 세우와 같이 뿌리며 내려앉는 비애에 artist 조지훈은 한 마리 백로처럼 도사립니다. 시에서 겉과 쭉지를 고를 줄 아는 것도 천성의 기품이 아닐 수 없으니 시단에 하나 '신고전'新古典을 소개하며…… 브라보우!

—《문장》 제2권 제2호(1940년 2월호).

---

* 불평불만이 있어 짜증을 내는.
** 빌려서 의지하는.

《문장》지 시선후평 11

시선도 한 1년 하고 나니 염증이 난다. 들어오는 족족 좋은 시고 보면 얼마나 즐거운 노릇이랴마는 시가 되고 아니 되기는 고사하고 한 달에 수백 통이 넘는 황당한 문자를 일일이 보아 넘기는 동안에 모처럼만에 빨아 다리어 갖는 정신이 구긴다.

시하기 위하여 궂은 일을 피해야 하겠다.

사무와 창작— 좋은 이웃이 될 턱이 없다.

겉봉에 주소 성명도 쓸 만한 자신이 없는 위인이 당선에 요행을 바라는 심리가 사나이답지 못하다.

그러면 여자는 시를 못한다는 말인가.

앞의 말은 잘못되었다.

그러면 여자답지 못한 사람도 시를 못한다.

선禪이라는 것이 무엇 하는 것인지 나는 모른다. 꿇어앉은 채로 무슨 정말체조*와 같은 효과를 얻는 것이나 아닌가고, 이렇게 엉뚱하게 생

---

* 丁抹體操 : 덴마크 체조.

각된다. 무식한 탓이리라.

문학청년의 불건강은 순수 정말체조로 교정할 수 있다.

시를 그만 두시오.

이것이 발표할 만한 것인지 아닌 것인지를 판단하는 양능良能을 갖은 사람은 벌써 당선한다.

당선 1회 혹은 2회로 답보하고 있는 몇몇 사람한테 끝까지 무슨 책임감에서 자유로울 수가 없어 괴롭다.

이번 달에도 역시 내보낼 시가 없다.

창간 이후 1년 동안에 얻은 다섯 시인— 희한하기가 별과 같이 새삼스럽게 보인다.

화풀이로 펜을 내동댕이치며!

이만.

—《문장》 제2권 제4호(1940년 4월호).

《문장》지 시선후평 12

용기와 같은 것을 상실한 지 수월數月이 넘었던 차 혼인 잔치에 갔다가 소설가를 만나 이사람 시를 조르기를 빚 조르듯 한다.

"소설을 앞으로 얼마나 쓰겠느뇨."

"40년은 염려 없노라."

"40년?"

"환산하여 팔십까지 시를 쓰면 족하지 않으뇨."

"이제 태백太白이 없으시거니 그대가 능히 당명황唐明皇 노릇을 하려는가?"

"하하."

통제가 저윽이 완화될 포서가 있을지라도 끔직스러워라 시를 어찌 괴죄죄 40년을 쓰노?

여간 라디오 체조쯤으로는 아이들 육신에 반향이 있을까 싶지 않아 좀 더 돌격적인 것을 선택한 나머지에 깡그리 죽도竹刀를 들리기로 하다.

정면 2백번

동胴치기 좌우 2백번

팔면八面 2백번

반면 2백번
·················

　여덟 살짜리까지 함께 사부자四父子 해 오르기 전 아침 허공을 도합 수천도數千度 치다.
　타태惰怠한 버릇이 동胴치기에선들 한눈이 아니 팔리울 리 없어 팔이 절로 풀리니
　"아버지 동胴치기에는 파초순도 안 부러지겠네."

　내가 죽도를 둘러 이제 유단의 실력을 얻으랴? 너희들은 이것을 10년 20년 둘러, 선뜻 내리는 칼날이 머리카락을 쪼개야 한다더라, 머리카락을 쪼개라!
　검사劍士가 머리카락을 쪼개지 못하고 어찌 성城을 둘러 빼겠느냐.
　내사 망령이 아니 난 바에야 이제 머리카락을 쪼갤 공부를 하랴. 추풍이 선선하여지거든 죽도마저 버리련다.
　시가 집행이 감도 못되거니 서러워라 나의 시는 죽도를 두르기에도 무력하고나.

　박목월 군. 북에 김소월이 있었거니 남에 박목월이가 날 만하다. 소월의 툭툭 불거지는 삭주朔州 구성조龜城調는 지금 읽어도 좋더니 목월이 못지 않이 아기자기 섬세한 맛이 좋다. 민요풍에서 시에 진전하기까지 목월의 고심이 더 크다. 소월이 천재적이요 독창적이었던 것이 신경 감각 묘사까지 미치기에는 너무도 '민요'에 종시終始하고 말았더니 목월이 요적 데생 연습에서 시까지의 콤퍼지션에는 요謠가 머뭇거리고 있다. 요적謠的 수사修辭를 다분히 정리하고 나면 목월의 시가 바로 조선시다.
　　　　　　　　　　　　　　　　―《문장》 제2권 제7호(1940년 9월호).

청신한 감각과 순백의 내면 공간
─정지용의 생애와 작품세계

1. 정지용의 생애

정지용은 1902년 음력 5월 15일 충청북도 옥천군 하계리에서 장남으로 태어났다. 그의 시 〈향수〉에 나오는 것처럼 넓은 벌에 실개천이 휘돌아나가고 황소가 게으른 울음을 우는 전형적인 농촌 마을에서 성장하였다. 아홉 살 때인 1910년에 4년제 과정인 옥천공립보통학교(현재 죽향초등학교)에 입학하여 1914년에 졸업하였다. 학교에 재학 중이던 1913년에 결혼을 하였는데 이때 그의 나이 12세였고 부인도 그와 동갑인 12세였다.

보통학교를 졸업한 지용은 그 이듬해에 서울로 올라와 처가의 친척 집에 기숙하면서 여러 가지 일을 하다가 1918년 4월 휘문고등보통학교에 입학하였다. 휘문에 입학하자마자 문재를 발휘하여 1학년 때부터 《요람》이라는 등사판 동인지를 내는 데 참여하여 작품을 발표하였고 선후배들이 함께 참여하는 '문우회' 활동에 동참하여 문학에 대한 자극을 얻었다. 그는 이러한 문학적 분위기를 최대로 흡수하면서 시인으로의 자기 성장을 도모했다.

1923년에 휘문고보를 졸업하고 졸업생 장학금을 받아 일본 경도의 동지사대학으로 입학하게 되었다. 이때 그는 우리가 잘 아는 시 〈향수〉를 썼다. 1923년 5월부터 1929년 6월까지 경도에서 유학하게 되는데 영문학과에 재학중이던 1926년 6월 경도 유학생들의 학회지인 《학조》 창간호에 시조 9수, 동요 형식의 시 6편, 현대적 감각의 시 3편 등 많은 작품을 한꺼번에 발표함으로써 등단하게 되었다. 지용은 이 시기에 다양한 문학 체험을 얻고 작품 발표의 기회도 얻어 시인으로서 이름을 세상에 알린 반면, 개인적으로는 혈육의 죽음이라는 불행을 겪었다. 이때 가톨릭에 입교하게 되는데, 그의 딸아이를 잃은 데다가 아들 구관이 태어나자 마음의 다짐을 새롭게 한다는 의미에서 입교했던 것 같다.

동지사대학을 졸업하고 1929년 9월 1일자로 모교인 휘문고보의 영어교사로 부임하게 되었는데, 그의 수업은 학생들에게 상당히 인기가 있었다고 한다. 정규대학 영문학과를 졸업한 실력있는 영어 교사였고 학생들의 선배였으며 무엇보다도 시인이라는 점이 학생들에게 어필했을 것이다.

1930년 이후 정지용은 국내 문인들과 교류하면서 문단 활동을 본격적으로 전개하였다. 《시문학》 동인들과도 어울리고 문학좌담회에도 참석하면서 그 특유의 재치있는 언변을 휘날렸다. 160센티미터가 안되는 작은 키에 두터운 안경을 끼고 약간 앞니가 버드러진 입으로 독설과 야유를 총알처럼 날렸다. 그의 음성은 가늘게 떨리는 듯한 낭랑한 음조로 시 낭송에 적합하여 그가 시를 읊으면 좌중이 모두 매료되었다고 한다.

1935년 10월에는 시문학사에서 《정지용시집》이 간행되었다. 일찍이 《시문학》에 시를 내준 인연을 소중히 여긴 박용철이 정성을 다하여 호화로운 한 권의 시집을 엮어낸 것이다. 지용의 시집이 간행되자 많은 사람들의 찬사가 쏟아져 나왔다. 문단의 시선은 온통 정지용에게 집중되며 정지용은 명실 공히 30년대 최고의 시인으로 부상하게 된다.

1939년 2월에는 일제 강점기에 발간된 잡지 중 가장 격조 높은 문예지로 평가되는 《문장文章》이 발간되는데 정지용은 이 잡지의 시 부문

추천위원을 맡게 된다. 그는 될 수 있는 한 객관적인 시각을 유지하고 공정하게 신인을 추천하였다. 그의 추천을 받고 나온 박목월, 조지훈, 박두진, 박남수 등의 시인들은 해방후 한국 시단의 중추적 역할을 했다. 이것은 시를 보는 지용의 안목이 정확했다는 사실을 반증한다.

일제 말 문학정신의 마지막 기둥 노릇을 했던 《문장》은 1941년 4월 총 25호를 종간호로 내고 폐간된다. 그것은 문학지를 하나로 통합하여 일본어로만 간행하겠다는 총독부의 압력에 의한 것이었다. 폐간의 아쉬움을 시집 간행으로 메우려는 듯 그는 1941년 9월 두 번째 시집 《백록담》을 간행하였다. 시작품은 25편밖에 되지 않아서 시집 한 권의 분량으로는 조금 부족했지만 시간이 더 흐르면 한글로 작품을 발표하는 것이 불가능하리라는 예감 때문에 시집 간행을 서둘렀을 것이다.

일제의 강압에 의해 조선어 사용이 금지된 이후 그는 단 한편의 글도 일본어로 쓰지 않았고 발표하지도 않았다. 글 쓰는 사람에게는 절필이 무엇보다도 고통스러운 일일 터인데 그는 일제말 암흑의 3년을 침묵으로 견뎌냈다. 1943년 폭격에 대비한 서울 소개령으로 그는 경기도 부천군 소사읍으로 이주하게 되었다.

해방이 되자 정지용은 16년 간 근무하던 휘문고보를 떠나 이화여자전문학교 교수로 부임하였는데 여전히 학생들에게 인기가 있었다고 한다. 좌파 문학단체인 조선문학가동맹에 정지용의 이름이 아동문학 분과위원장으로 올라 있었으나 그는 이 단체가 주관하는 행사에 참여하지 않았다. 그들 단체의 위상을 높이기 위해 정지용의 이름이 필요했던 것이다.

1946년 10월 정지용은 가톨릭 계열의 신문사인 경향신문의 주간으로 취임하게 된다. 천주교 신자이고 과거에 《가톨릭청년》이나 《경향잡지》의 편집을 맡은 경력이 있기 때문에 천거된 것 같다. 주간으로 있으면서 그는 사설난 등에 많은 글을 집필하였는데, 그의 사회 현실에 대한 시각은 좌파적이라기보다는 평범한 민족주의에 바탕을 둔 것이었다. 다만 한민당에 대해서는 부정적 시각을 뚜렷이 드러냈다. 그가 쓴 논설문이 극우계의 가톨릭 신자들에게 반발을 사게 된 것도 한민당에 대한 부정적 시각에 기인한 것이다. 당시의 경직된 풍토는 그의 현실 비판적 태도를 좌경적 태도로 오인케 했고 결국 그는 좌익이라는 부당한 투서를 받게 되었다.

이런 문제 때문에 그는 1947년 8월 경향신문사 주간직을 사임하고 그 이듬해에는 집도 돈암동에서 녹번리의 초당으로 옮기게 된다. 겉으로는 한가한 전원생활을 하는 것 같았지만 그의 내면은 허탈감과 번민에 가득차 있었다. 윤동주의 시집 《하늘과 바람과 별과 시》(1948.1)의 서문에서 그는 '재조도 탕진하고 용기도 상실하고 8·15 이후에 나는 부당하게도 늙어간다' 고 탄식하였다. 일제시대에 친일도 배일도 하지 않았던 그는 이 시기에는 우익도 좌익도 아닌 중도파 지식인으로서 고뇌를 거듭하고 있었던 것이다.

대한민국 정부가 수립되자 좌익세력에 대한 전반적인 조사가 행해졌다. 한때 본의 아니게 조선문학가동맹에 이름이 등재된 것, 《경향신문》 주간으로 있을 때 한민당에 대한 비판적 논설로 좌경인물로 몰린 것, 가까이 지내던 문인들이 월북해 버린 것 때문에 그도 몇 차례의 조사를 받았고, 좌익 경력 인사들의 사상적 선도를 명분으로 내세우고 결성된 '국민보도연맹' 에 가입하지 않을 수 없었다. 이 모두가 민족의 분단이라는 모순된 현실이 빚어낸 개인적 진실의 왜곡이며 굴절인 것이다.

6·25가 발생하여 서울이 점령당했을 때 정지용은 피난을 가지 못하고 녹번리 초당에 머물고 있었다. 7월 어느날 안면있는 젊은이 몇 명이 찾아와 대화를 나누다가 그들과 함께 나간 후 그는 돌아오지 못했다. 그 이후의 행적에 대해서는 여러 사람들의 의견이 어지럽게 엇갈려 있다. 그러나 그것들은 실제로 자신이 목격한 사실을 말한 것이 아니라

누군가에게 들은 내용을 옮긴 것들이어서 신빙성이 없다.

　우리에게 가장 확실한 것은 그가 6·25 때 행방불명되었다는 사실이며 더욱 중요한 것은 행방불명의 그 순간까지 우리 시단에 가장 영향력 있는 시인으로 남아 있었다는 사실이다. 우리가 이 뛰어난 시인을 잃은 것은 말할 것도 없이 민족 분단의 비극 때문이다. 따라서 그의 실종과 희생은 그 시대를 살았던 우리 민족 모두의 책임으로 돌려야 한다. 우리는 이 엄연한 사실 앞에 머리 숙이고 숙연해져야 할 것이다. 민족 비극의 포연 속에 그의 삶은 실종되고 말았지만 그의 시가 주는 감동은 먼 훗날까지 유구하게 전해질 것이다.

2. 초기시와 시의식의 형성

　정지용의 시작 단계를 시의식의 형성 과정과 관련지어 구분하면, 1922년 휘문고보 재학시부터 일본 유학 시절까지를 제1시기, 1929년 귀국 이후 1935년 《정지용시집》을 간행할 때까지를 제2시기, 《정지용시집》 간행 이후를 제3시기로 나누어 각각 전기시, 중기시, 후기시로 설정할 수 있다. 해방 이후의 작품을 따로 구분하지 않은 것은 작품의 편수도 적을 뿐 아니라 정지용다운 개성이 담긴 작품이 없기 때문이다.

　창작시점으로 볼 때 가장 최초의 작품에 해당하는 〈풍랑몽〉은 1922년 3월에 쓴 것으로 되어 있다. 이 작품의 실제적인 발표는 1927년 7월 《조선지광》을 통해 이루어졌다. 같은 지면에 〈풍랑몽〉 외에도 〈발열〉과 〈말〉이 실려 있는데, 〈발열〉은 '1927. 6월. 옥천'이라고 작품 말미에 부기되어 있고, 〈풍랑몽〉은 '1922. 3월. 마포하류 현석리'라고 기재되어 있다. 이러한 사실을 통해서 작품 끝의 연월 표기가 단순한 착상의 시기가 아니라 실제 창작 시점임을 알 수 있다.

　〈풍랑몽〉은 졸업과 새로운 진급이 교차하는 3월의 어느날 마포 하류의 물가에서 주체할 길 없는 외로움을 표현한 작품이다. 그로부터 일년 후에 정지용은 작품 〈향수〉를 썼다. 이 작품 역시 《조선지광》에 발표된 것인데 작품 끝에 1923년 3월로 창작시점이 밝혀져 있다. 이 두 편의 작품에서 우리는 20대 초반의 젊은이의 내면에 자리잡고 있는 그리움과 갈구의 심정을 충분히 엿볼 수 있다.

일본 유학을 떠난 후 경도에서 쓴 첫 작품이 〈압천〉이다. 이 시는 1927년 6월 《학조》에 발표되었는데 역시 그 작품 말미에 '1923. 7. 경도압천에서'라고 창작 시기와 장소가 기재되어 있다. 그후 1930년 3월 《시문학》 창간호에 〈경도압천〉이라는 제목으로 재발표되었으며, 《정지용시집》에 다시 〈압천〉이라는 제목으로 수록되었다. 이 시는 압천 십리벌에 해가 저무는 장면을 배경으로 날마다 님과 이별하는 여울물의 모습을 통하여 화자는 자신의 비애감과 고독감을 표현하고자 했다.

자신의 마음은 마치 찬 모래알을 쥐어짜는 듯한 심정이며 아무리 자신의 마음을 쥐어짜고 부수어도 비애의 감정은 사라지지 않는다고 노래한다. 뜸부기의 울음소리를 홀어머니 울음 운다고 표현한 것은 혈육과 떨어져 살고 있는 자신의 처지를 드러낸 것으로 보인다. 서울을 떠나온 지 몇 달밖에 되지 않은 상황이므로 그러한 고독의 심정이 표현되었을 것이다. 경도 압천가의 성숙의 여름이 고향 떠난 나그네에게는 오히려 쓸쓸한 시름의 체험으로 다가오는 것이다.

이러한 비애감을 표현하면서 오렌지라는 익숙한 영어 대신에 '오랑쥐'라는 불어를 사용한 데는 경도 유학생으로서의 우월감과 지용 특유의 이국정조가 작용한 것으로 보인다. 이러한 이국정조도 일본 유학을 하는 식민지 지식인으로서의 고독감이나 공백감에서 나온 것일 공산이 크다. 요컨대 이 시에서 조국을 떠나 만리타향 낯선 곳에서 학업을 꾸려가는 스물두 살 젊은이의 고독과 우수, 그 내면에 담겨 있는 지식인으로서의 서구취향과 이국정조를 엿볼 수 있다. 이 단계의 초기시는 작품의 어느 일부에서 표현상의 묘미가 보이기는 하지만 주로 자신의 고독이나 그리움을 그려낸 것이 많아서 독립된 시작품으로서의 완결성을 보이는 데는 미흡한 구석이 있다.

여기에 비해 다음 단계의 시는 시인의 자전적 독백성을 극복하고 하나의 작품으로서의 완성도를 높이려는 시도를 보이고 있다. 말하자면 시인으로서의 자각을 가지고 창작에 임하게 된다. 대상의 감각적 인식에 의한 시창작의 첫 단계를 장식한 작품은 〈이른 봄 아침〉(《新民》, 1927. 2)이다. 봄의 연상 작용을 통하여 봄의 속성이 더욱 선명하게 부각되고 결과적으로 이른 봄이 어떠한 정취와 의미를 지닌 것인지 분명해 진다. 이 시는 봄이 와서 어떻다든가 봄은 무엇과 같다든가 하는 식의 언술을 일체 배제하면서도 몇 개의 영상을 조합함으로써 봄의 총체적 인상을 조성하는 데 성공하였다.

1926년 여름 그는 바다와 관련된 두 편의 시, 〈갑판 위〉(《문예시대》 1, 1927. 1)와 〈선취〉(《학조》 2, 1927. 6)를 썼다. 이 두 편의 작품은 개인사를 바탕으로 하고 있으면서도 시적 감각의 객관적 정조에 의해 긴장감이 유지되어 있다. 〈선취〉가 형식의 정형성을 고수하는 듯한 모습을 보이는데 비해 〈갑판 위〉는 형식이나 표현에 있어 자유로운 면모를 보이고 있다. 〈선취〉도 그렇지만 이 당시 바다를 소재로 한 작품에는 고독의 감정이 거의 드러나지 않는다. 바다의 탁 트인 공간성이 시인의 마음을 드넓게 넓혀줌으로써 경도 압천에 웅크리고 있던 시인의 자아가 활력을 얻은 것인지도 모른다. 〈갑판 위〉 역시 명랑하고 경쾌한 마음으로 대상의 이모저모를 묘사하고 있다.

정지용이 동지사대학 영문학과를 다니고 있던 1927년 3월에서 5월 사이 그는 어떤 여인과 관련된 세 편의 시를 써서 발표하였다. 그것은 〈벚나무 열매〉와 〈엽서에 쓴 글〉(《조선지광》, 1927. 5), 〈오월 소식〉(《조선지광》, 1927. 6)이다.

앞의 두 편은 1927년 3월 경도에서 쓴 것으로 되어 있고 〈오월 소식〉

은 같은 해 5월 경도에서 쓴 것으로 표기되어 있다. 〈벚나무 열매〉보다 낭만적인 정조가 훨씬 강한 〈오월 소식〉은 그 여인이 강화도에 가서 무슨 일을 하는지, 그 여인과 자신과의 감정의 교류가 어떤 것인지를 조금 더 구체적으로 나타낸다. 이 세 편의 작품이 어떤 여인과 관련된 지용의 개인사가 시작의 모티프로 작용하고 있는 것처럼 같은 해 6월에 쓴 〈발열發熱〉(《조선지광》, 1927. 7)과 〈태극선太極扇에 날리는 꿈〉(《조선지광》, 1927. 8) 역시 지용의 개인사와 관련되어 있다. 이 두 편의 작품은 모두 옥천에서 쓴 것으로 되어 있다. 〈발열發熱〉은 아이가 병이 들어 열이 오르고 '애자지게 보채는' 모습을 지켜보는 아버지의 안타까움을 나타낸 시이다. 이 시는 정지용의 개인사를 드러내면서도 그것을 정제된 시의 형식으로 압축적으로 표현하여 높은 시적 품격을 유지하고 있다. 이런 점에서 이 시는 〈유리창〉에 버금가는 절제의 미학을 보여준 것이라고 평가할 수 있다.

3. 중기시와 주제의식의 심화

　1929년 6월 동지사대학 영문학과를 졸업한 지용은 그해 9월부터 모교인 휘문고보의 영어 교사로 부임하게 된다. 옥천의 가족도 서울로 이주하여 본격적인 서울 생활을 시작하면서 문인들과도 활발한 접촉을 갖는다. 졸업과 취업, 가족을 솔거한 서울로의 이사 등 분주한 생활이 어느 정도 정돈되고 일년 여의 침묵 끝에 그가 발표한 작품이 〈유리창琉璃窓〉이다. 이 시는 시인이 자식을 폐렴으로 잃은 후 그 안타까운 심정을 노래한 것으로 알려져 있다. 흔히 지용을 일컬어 감정의 절제를 통하여 시상의 승화를 보인 시인이라고 평하는데 이 시는 그 모범적인 예로 추거되는 작품이다.

　그로부터 일년 후 정지용은 〈유리창2〉(《신생》, 1931.1)를 발표한다. 이렇게 같은 제목의 시를 발표한 이유는 무엇일까? 그것은 〈유리창2〉가

〈유리창1〉의 연장선상에 놓인 자매편적 성격의 작품이라는 사실을 알리기 위해서였을 것이다. 말하자면 이 두 편의 작품은 유리창을 경계로 외부와 내면이 단절된 상태에서 시적 자아의 외로움과 괴로움을 나타낸다는 공통점이 있다. 결과적으로 〈유리창2〉의 화자는 〈유리창1〉의 화자보다 더욱 불안하고 자폐적이고 절망적인 상태에 있다. 환상을 통한 위안의 가능성도 차단되어 있으며 막막한 밀폐감에서 벗어나려는 시도가 열병과 흡연으로 돌출된다. 불길한 세계 속에서 자아는 자폐의 괴로움과 자학의 몸부림을 보이고 있다.

개인의 비극에서 비롯된 이러한 자아의 괴로움은 그로부터 몇 년 후 《가톨릭청년》(1935. 3)에 발표된 〈홍역〉과 〈비극〉에 다시 시의 소재로 등장하는 것을 볼 수 있다. 〈홍역〉이 개인적 비극과 관련된 작품으로 거론되는 것은 그 당시 유아의 중요한 병사 원인인 홍역이 제목으로 설정되어 있을 뿐만 아니라 앞의 시편과 관련된 몇 가지 시구가 배치되어 있기 때문이다. 우선 12월 밤이라는 겨울 밤이 배경으로 제시되어 있고 '유리琉璃도 빛나지 않고/창장愴帳도 깊이 나리운 대로'라고 되어 외부와 내부의 경계 표지인 유리창의 이미지가 되풀이되고 있는가 하면 우박알이나 차고 슬픈 것 대신에 꿀벌떼처럼 설레는 눈보라가 제시된 것도 전작과 유사한 요소다. 말하자면 이 시는 겨울밤과 석탄불 피운 방이 대립되고 꿀벌떼처럼 날리는 눈보라와 철쭉꽃처럼 피어나는 홍역이 대립적 관계에 놓이면서 외부세계와 내면세계의 단절, 자연과 인간의 단절에 대한 화자의 인식을 간략한 이미지로 제시하고 있다.

여기에 비해 〈비극〉은 일상적 서술형의 어조를 택하여 자신의 개인적 비극과 죽음에 대한 생각을 이야기하고 있다. 시인은 자신이 이미 딸과 아들을 비극의 앞에 바친 일이 있으니 더 이상의 비극은 사양하고 싶다는 내심의 뜻을 이렇게 표현한 것이다. 이것은 비극을 맞이할 예비가 되어 있다고 앞에서 당당히 말한 태도와 일치하지 않는다. 하나의 신앙인으로서는 비극의 섭리를 이야기하고 그것을 자연스럽게 맞이할 것을 이야기하면서도 한 인간으로서는 그것을 더 이상 받아들이기 힘들다는 고백을 그는 시의 형식을 통해 나타낸 것이다. 개인의 비극을 종교적으로 승화시키는 것은 생각만큼 쉽지 않을 것이다. 따라서 이것을 모순으로 해석하는 것보다는 인간적 고뇌의 표현으로 이해하는 것이 더욱 온당한 일일지 모른다.

이렇게 자신의 개인적 비극이 투영된 시작품을 일부 발표하면서 지용은 자신의 장기인 대상을 감각적으로 표현하는 새로운 스타일의 시를 계속 발표하여 한국시단에서 독자적 시인으로서의 입지를 굳혀 갔다. 《시문학》 창간호에 발표한 작품은 신작이 아니라 구작을 재수록한 것이었으나 《시문학》 2호(1930. 5)에 발표한 〈바다1〉은 이전에 다른 곳에 발표한 적이 없는 명실상부한 신작으로 지용의 청신한 감각을 잘 보여준다.

《정지용시집》의 첫머리를 장식하고 있는 이 시에는 우리가 새롭다고 느낄 수 있는 여러 가지 특징이 나타나 있다. 바다의 출렁임을 천막의 펄럭임에 비유한 것이라든가, 바다종달새의 가벼운 움직임을 은방울 날리는 것에 비유한 것, 제비가 나는 동작을 유리판 같은 하늘에 미끄러지는 것으로, 조개의 속살을 진달래꽃빛으로 비유한 것, 푸른 봄 바다의 심상을 청댓잎으로 비유한 것 등은 물론 새로운 것이다. 고래가 횡단한 후 해협이 천막처럼 퍼덕인다는 거시적 시각과 바위 틈의 조개나 물결 아래의 바둑돌을 관찰하는 미시적 시각이 교차되는 장면도 신선하다. 그리고 이 시에 바다에 대한 시인의 감정이 거의 노출되지 않고 있다는 사실도 특이한 점이다. 화자의 시선에 포착되는 봄 바다의 풍경들이 절제된 언어로 제시되어 있을 뿐이다. 바다 하면 영탄적 어조가 떠오르고 시 하면 시인의 감정을 그대로 토로하는 것이라고 믿었던 당시의 상식을 이 시는 뒤집어 놓고 있다.

이 시 외에도 〈아침〉(《조선지광》, 1930. 8) 〈절정〉(《학생》, 1930. 10) 등의 가편에 지용 시의 감각적 특성이 잘 발휘되어 있다. 특히 〈바다1〉을 발표한 지 다섯 달 후에 발표한 〈절정〉은 지용 시의 감각적 묘사의 수완을 충분히 보여줄 뿐만 아니라 그의 후기시의 전초적 모습을 드러내고 있어서 주목을 요한다. 이것은 그의 후기시의 변화가 어떤 돌발적인 계기에 의해서 이루어진 것이 아니라 그의 전기시에 이미 잠복된 요소에 의해 형성된 것임을 알려준다. 이 시는 감정을 표현하는 말을 한 마디도 쓰지 않으면서 위태로운 산길의 올라감, 산정의 신비로움, 정상에 올라간 사람의 가슴 후련함 등, 산에서 체험하는 보편적 사례들을 연이어 제시하고 있다. 거기 제시된 상황은 보편적인데 그것을 드러내는 방법은, 다른 시에서 보지 못한, 지용만의 독특한 수법을 구사하고 있다. 그 독특한 기법이란 다름이 아니라 감정 표출의 어사를 철저히 배제하고 외면적 정경의 특징을 포착하여 감각적으로 드러내는 방법이다. 보통의 시인이라면 이런 상황을 시로 드러내는 데 몇 차례의 감탄사와 영탄적 어사를 사용하였을 것이다. 그러나 지용은 끝까지 감정을 절제하고 자신의 주관은 하나도 드러내지 않으려는 듯한 태도를 보인다.

이것은 비단 표현의 차원에만 국한된 문제가 아니라 정신의 한 경지를 드러내는 장면이라고 생각된다. 따라서 우리는 이것을 감각적 표현의 극치라고만 볼 것이 아니라 아름다움 앞에 숨을 죽이고 끝까지 사물 이미지를 통하여 그것을 드러내려 한 시인의 정신력의 표상으로 받아들일 필요가 있다. 극치의 아름다움을 보면서도 그것에 대한 감정적 영탄을 끝내 삼가는 것은 대단한 정신의 경지를 보여주는 일이다.

전기시와 후기시의 경계 노릇을 하면서 지용의 예민한 감각의 촉수를 보여주는 또 하나의 작품이 〈난초〉(《신생》, 1931. 12)다. 우선 이 시는 난초를 소재로 택한 데서 벌써 지용 시의식의 변화를 예견케 한다. 대상이 드러내는 빛나는 감각적 형상보다 난초가 지닌 동양적 생명의식에 시인의 관심이 기울고 있는 것이다. 대상을 감각적으로 바라보고 대상의 외면을 즉물적으로 형상화하여 내면의 깊이로 파고들지 못한 한계는 인정할 수밖에 없지만 동양적 정신세계로 눈을 돌리고자 하는 의식의 일단을 드러내는 것은 사실이다.

　이러한 변화의 징후는 산을 소재로 한 〈비로봉〉(《가톨릭청년》, 1933. 6)에서 더 분명하게 확인할 수 있다. 이 시는 해발 1,638미터 정상에 자리잡고 있는 금강산 비로봉에 대한 인상을 시로 표현한 것이다. 비로봉 주위의 자연미를 그려낸다기보다는 그 안에 응축되어 있는 정신의 표상을 탐색하는 듯한 자세를 보이고 있다. 이러한 정적의 공간에 관심을 갖는 것은 정적과 부동의 공간성을 보이는 그의 후기시, 소위 '은일의 정신을 보이는 산수시'의 세계와 통한다. 그러나 이 작품과 같은 제목을 가진 그의 후기시 〈비로봉〉과 비교해 보면 이 작품은 정적의 상태를 드러내고는 있으나 그 여백미를 드러내는 표현방법에 있어 상당히 큰 낙차를 보이는 것을 알 수 있다. 앞의 〈난초〉의 경우와 마찬가지로 각각의 시적 대상이 독립적인 영상을 만들어낼 뿐 그것이 전체의 조화를 향해 종합되는 과정이 결여되어 있다.

　한편 이 당시 정지용은 동양적 정신세계에 관심을 보이면서도 그의 장기인 감각의 청신함은 계속 유지하고 있었다. 여러 편의 작품을 통해 확인할 수 있듯 일본 유학시절부터 갖고 있었던 바다에 대한 관심도 변함없이 유지되었다. 충북 옥천 내륙지방 출신의 젊은이가 넓은 바다를 건너 새로운 문물을 접하게 되었을 때 그 매개적 공간인 바다는 새로운 문물과 사고를 소개해 주는 경이에 찬 공간으로 각인되었을 것이다. 그것은 서울에서 시작생활을 하면서 문인들과 교류를 맺고 이병기, 이태준 등을 통하여 한시나 우리 고전에 접하면서도 좀처럼 사라지지 않는 정신의 낙인과 같은 것이었다.

　이 당시 지용의 시에는 그러한 생활인의 고독과 비애를 표현한 작품이 다수 등장하고 있다. 〈시계를 죽임〉〈귀로〉 등이 그것이다. 우리는 여기서 낭만적이고 자유분방할 줄 알았던 시인의 생활상 대신에 정해진 생활의 규범에 틀에 박힌 듯 살아가는 소시민의 애환을 본다. 개인적 비극의 체험이 내면의 막연한 불길함으로 정착되고 그것을 극복하기 위한 계기를 마련하지 못한 채 고독과 우수 속에 살아가는 예민한 시인의 행보를 본다. 아마도 이러한 비애와 고독이 그를 가톨릭으로 점점 더 몰입하게 했는지도 모른다. 가톨릭의 성스러운 것에 대한 추구 속에서 개인의 고독도 영광스럽고 값진 것으로 합리화되면서 고독을 성화하는 태도가 형성된 것인지 모른다.

《정지용시집》 4부에 수록된 9편의 시들은 신앙과 직접 관계가 있는 것들로 대부분 《가톨릭청년》을 통해 발표된 것들이다. 그의 신앙시를 읽으면 그의 신앙생활이 어디에서 출발하고 있는지를 짐작할 수 있다. 〈별〉이라든가 〈은혜〉〈불사조〉 같은 시를 보면 현실의 체험에서 오는 고통과 비애가 신앙의 바탕이 되고 있음을 읽을 수 있다. 현실의 고통과 비애에서 벗어나기 위해 절대자에게 귀의하는 것은 일반적 현상이기도 하다. 말하자면 정지용의 신앙은 개인 영혼의 구원이라든가 대중적 복음의 전파라는 측면보다는 현실적 고통, 개인적 비애의 정화라는 선상에 놓여 있음을 알 수 있다. 영혼의 구원이라는 문제에 의해 신앙에 접한 것이라면 그 신앙은 기독교적 절대의 차원에 놓일 것이다. 그러나 정지용은 영혼의 구제라는 문제보다는 개인적 불행에서의 탈피에 일차적 관심이 있었던 것 같다. 이런 점에서 정지용의 신앙적 태도가 종교의 절대성에 비추어 볼 때 문제가 있음을 알 수 있다. 그리고 그러한 신앙적 한계는 신앙시에 그대로 노출될 수밖에 없다.

4. 후기시와 정신세계의 탐구

정지용의 두 번째 시집 《백록담》이 간행된 것은 《문장》이 폐간된 지

다섯달 후인 1941년 9월이었다. 이 시집에는 《정지용시집》이 출간된 이후 쓰여진 25편의 작품이 수록되어 있다. 산을 소재로 한 여백미의 시 중 지상에 처음으로 발표된 것은 〈비로봉毘盧峰〉과 〈구성동九城洞〉이다. 이 두 작품은 1937년 6월 9일자 《조선일보》 지면에 발표되었다. 그리고 넉달 후 《조광》(1937. 11)에 〈옥류동玉流洞〉이 발표되었다. 이 작품들은 모두 금강산의 절경을 소재로 한 것이다. 정갈하고 고요한 산의 정취를 드러내기 위해 지용이 택한 형식은 2행 1연의 간결한 시형식이다. 이 형식은 간결성을 생명으로 하고 고도의 압축과 생략에 의해 행간의 여운을 조성하고 있다. 이것은 처음부터 산문적 서술성을 거부하고 순간적 지각의 세계, 이미지의 순간적 포착 상태를 형상화하는 데 집중한다. 또 이들 시편에 사용된 의고적 어휘나 고어, 구어체의 방언은 전아하고 고담한 산의 정취를 나타내는 데 중요한 역할을 하였다.

우리는 이 작품에서 정지용 자연시의 일반적인 특징 몇 가지를 찾아낼 수 있다. 우선 앞에서 보았던 결벽성이 약간 변형된 형식으로 나타나는 것을 볼 수 있다. 요컨대 산이라는 공간은 앞의 시에서 보았던 결벽성의 또 다른 추구 대상으로 속세의 혼탁과 대립되는 신성하고 정결한 공간으로서의 의미를 지닌다. 신성하고 정결한 공간으로서의 산은 당연한 결과로 정적의 상태를 유지한다. 떠들썩한 저자 거리의 모습을 산에서는 절대로 볼 수 없다. 정적만이 감싸고 있기에 멀리서 울리는 폭포소리도 봄 우렛소리처럼 잔잔하고 한가롭게 들리고, 이내에서 서 그럭거리는 소리가 들리는 듯도 하고, 도저히 들을 수 없는 약초들의 호흡이 소란스럽게 느껴질 정도이다. 여기에는 들새도 날아들지 않고 귀뚜라미도 움직임을 멈춘 정적과 부동의 공간이 포착된다.

이 정적과 부동의 공간에는 인간의 그림자도 보이지 않는다. 시의 화자는 분명 인간이고 그의 시각에 의해 자연 정경이 포착되지만 시의 문면에는 인간사·세속사의 단면이 제거되어 있다. 깨끗하고 순결한 상태에 대한 집착은 인간사·세속사의 거부로 귀착되는 것이다. 산을 소재로 한 지용의 시에는 인간의 애환이나 개인적인 슬픔을 노래한 것이 거의 없다. 특히 1937년에 발표한 세 편의 작품에는 산의 정취만 담겨 있을 뿐 사람의 그림자는 어른거리지도 않는다. 그 외의 시편에 가끔 등장하는 사람은 주체적으로 활동하는 인간이 아니라 산과 동화된, 혹은 동화되려 하는 풍경으로서의 인간이다. 인간의 모습조차 자연의 일부로, 하나의 풍경으로 처리된다.

1941년 1월《문장》지에 발표한 작품 중 2행 1연의 형식으로 산의 정취를 표현한 작품은 〈조찬〉〈비〉〈인동차〉 등 세 편이다. 이 작품들은 앞에서 검토한 시편과 발표상의 시간적 거리는 있으나 정적의 공간과 여백미를 보여준다는 점은 일치한다. 각각의 시연은 서로 다른 대상을 보여주고 그 부분적 대상들이 조화를 이루어 전체의 아름다움을 자아낸다.

이 시편들은 정결하고 고고한 상태를 보여주기는 하되 인간의 움직임이라든가 현세적 고뇌의 표출은 거의 없다. 현세에서 멀리 떠난 초절과 완벽의 공간이 존재할 뿐이다. 이것은 동양화의 한 폭을 옮긴 것일 뿐 우리의 생활 현실에 아무런 의미나 도움도 주지 못한다. 아름답기는 하지만 공허한 여백미의 현현 앞에 정신의 가치를 추구하는 것이 시인의 임무라고 본 정지용 자신도 불만을 느꼈음에 틀림없다. 그래서 그는 정신의 단면이 조금 깊이있게 투영될 수 있는 또 다른 형식을 개발하였다. 그것이 의고체의 문체를 사용하여 정신의 단면을 제시하는 산문시형식의 작품군이다. 이 작품들은 2행 1연의 여백미의 시편과는 다른 경향을 보이면서《백록담》시편의 또 다른 개성으로 자리잡는다.

의고체 산문시로 가장 먼저 지면에 발표된 것은 1938년 4월《삼천리문학》에 발표된 〈삽사리〉와 〈온정〉이다. 시집《백록담》에도 같은 지면에 나란히 실려 있는 이 두 작품은 어조와 문체, 주제가 유사할뿐더러 그대와 나로 설정된 두 사람의 관계도 유사하여 말 그대로 자매편이라고 할 만하다. 이 두 작품의 의미의 핵심은 바로 그대에 대한 내 마음의 지향에 있음을 알게 된다. 또한 두 편의 작품에 나타난 나와 그대의 관계를 비교해 보면, 두 편 모두 내가 그대를 위하고 마음으로 사랑하는 자세는 공통되게 나타나지만 그 간절함은 〈삽사리〉에 더 두드러지게 투영된 것을 발견하게 된다. 그대에 대한 나의 사랑이 직접 투영되는 것이 아니라 제삼의 사물을 통하여 간접적으로 환기되는 것은 그의 다른 시와 마찬가지이다. 〈온정〉에서는 온천물이, 〈삽사리〉에서는 삽사리가 사랑의 마음이 투영된 상징적 대상으로 나타난다.

이 두 편의 시는 지용의 다른 시처럼 감정의 표현을 절제하고 제 삼의 사물을 통하여 정서를 간접적으로 드러내는 방법을 사용하였다. 그러면서도 감각에 지나치게 의존하지 않고 어떤 정황에 처한 사물의 속성이라든가 행동을 통하여 시인의 생각이 자연스럽게 우러나도록 고안하였다. 거기 담긴 생각은 그대에 대한 간절하고도 진실한 사랑인데 그 사랑의 형질은 지극히 동양적이다. 그것은 서양의 사랑 표현처럼 겉으로 분명히 드러나는 형태가 아니라 안으로 그윽하게 깊어지는 특성을 보인다.

이런 이유 때문에 지용은 의도적으로 의고적 문체를 구사한 것이다. 말하자면 이 시의 문체는 시인의 의도적 배려에 의해 주제와 완전히 혼융을 이루고 있는 것이다. 만일 의고적 문체를 택하지 않고 필자가 위에 정리한 것 같은 일상어로 이 작품을 구성했더라면 의미의 전달은 수월해졌을지 모르지만 시의 미적 효과라든가 주제의 사상적 가치는 반감되고 말았을 것이다.

지용은 〈삽사리〉와 〈온정〉을 발표한 후 이와 유사한 스타일의 시로 〈장수산〉과 〈장수산2〉〈백록담〉 등을 각각 발표한다. 정적과 부동의 공간을 중심으로 의고체의 산문시로 산의 정취를 보여주되 지용 시의 특징인 유머 감각이 동원된 작품이 몇 편 있는데 그것은 〈나비〉〈진달래〉〈호랑나비〉〈예장〉 등이다. 이 네 편의 작품은 주제가 조금씩 다르지만 의고체 산문시라는 점과 유머 감각이 동원된 점에서 공통점이 있다.

유머 감각을 유지하면서도 산과 동화된 죽음이라는 독특한 주제를 형상화한 작품이 〈호랑나비〉와 〈예장〉이다. 〈호랑나비〉가 노리고 있는 것은 겨울산과 조화를 이룬 죽음에 대한 예찬이고 미화이다. 시인의 관점에서는 그 죽음이 산중의 분위기와 완전히 조화를 이루었다는 것이 중요하지 않고 오히려 불필요하다. 왜냐하면 인간사·세속사가 개입하게 되면 자연과의 조화는 깨어지기 때문이다. 세속적 현실로부터 떨어져서 자아의 고립을 유지할 때 자연과의 조화도 가능하고 산과 동화된 죽음의 선택도 가능하다. 자아의 고립이 죽음을 선택하게 하고 그 죽음에 대한 미화도 가능하게 한다. 〈예장〉의 경우도 이와 크게 다를 바가 없다. 장년신사가 무슨 사연으로 정장을 한 채 금강산 깊은 골에 들어와 죽었는가 하는 인간적 정황에 대한 이해는 중요하지도 않고 필요하지도 않다. 인간적 현실과의 거리가 멀수록 자아의 고립이 잘 보장되며 자아의 고립 속에 순결성이 지켜질 수 있는 것이다.

5. 정지용 시의 문학사적 위치

정지용이 시를 발표하던 시기는 한국시가 우리의 정서와 사상을 표현하기 위해 그 나름의 형식과 방법을 모색해 가던 때였다. 1925년에 간행된 김소월의 《진달래꽃》은 민요조의 가락과 결합된 개인적 정서의 표현이 민족적 상실감으로 승화되는 양상을 보여주었으며, 1926년에 나온 한용운의 《님의 침묵》은 불교적 형이상학과 민족적 상실감이 결합된 독특한 화법의 세계를 펼쳐 보였다.

그러나 1926년 이후의 한국시는 그 이상의 새로운 진전을 보이지 못하고 카프의 경직된 프로시에 눌려 그 전에 보여주었던 단순한 서정성마저 퇴보하는 결과를 보여주게 되었다. 이러한 상황 속에서 정지용의 시는 김소월이나 한용운의 시와는 다른 차원에서 현대시다운 개성적 면모를 보여줌으로써 한국시의 새로운 영역을 개척하였다.

한국 현대시사에서 정지용만큼 현대시가 갖추어야 할 여러 가지 면모를 함께 보여준 시인은 없다. 그 중에서도 정지용 시의 차별성을 크게 부각시킨 요인은 청신한 감각과 독창적 표현이다. 이것은 김소월이나 한용운에게서 찾아보기 어려운 측면이며 그 이후의 시인들에게서도 쉽사리 발견되지 않는 요소다.

따라서 정지용이 보여준 뛰어난 감각성과 독창적 표현은 시대를 앞서 간 선구적인 면이 있으며 이것은 그의 천부적인 상상력의 소산이라고 하지 않을 수 없다. 물론 청신한 감각과 독창적 표현만으로 좋은 시가 결정되는 것은 아니다.

그러나 아무리 훌륭한 사상이나 주제의식이 담겨 있다 하더라도 그것이 시적 형식이나 독창적 표현과 결합되지 않는다면 그 작품은 시로서는 여전히 미달의 상태에 있다고 보아야 한다. 감각과 표현은 시를 시로 지탱케 하는 가장 기본적인 요소다. 정지용은 시가 갖추어야 할 기본적이고도 중요한 요소를 창작의 전면에 내세움으로써 이전의 시와는 다른 새로운 지평으로 한국시를 고양시켰다.

우리의 신문학은 민족계몽과 우국저항이라는 매우 심각한 주제를 끌어안고 출발했다. 그것은 우리문학의 확고한 전통처럼 이어져서 1920년대 전반기를 넘어서면서도 주제의 심각성은 하나의 뚜렷한 흐름을 이루었다. 비애와 절망, 우수와 탄식의 정조는 1920년대 우리 시를 지배했다. 그것은 우리 민족을 둘러싸고 있는 삶의 조건이 계속 부정적인 상태에 있었기 때문이기도 하다. 그러나 객관적 정세가 그렇다 하더라도 시가 계속 유사한 정서 주위를 맴돈다는 것은 감정의 자유는 물론이고 자유로운 사색의 가능성을 가로막는 일이다. 정지용의 시는 이러한 시대적·문화적 분위기에 작품으로 반격을 가하는 역할을 했다.

이런 시각은 시에 대한 기존의 보수적이고 권위적인 관념을 몰아내는 역할을 했다. 시는 언어의 작용만으로도 존재할 수 있고 이미지의 조성만으로도 존재할 수 있다는 생각은 당시 시단의 분위기로 볼 때 선구적인 사고방식이다. 그것은 시의 다양성을 인정하는 동시에 삶의 다양성을 긍정하는 자세다. 정지용이 이러한 사실을 자각했건 안했건 상관없이 그는 자신의 시창작을 통하여 기존의 문학적 엄숙주의를 깨뜨리는 역할을 했고 그러한 작업을 통하여 문학의 영역을 확장하고 삶의 가능성을 확대하는 데 기여했다. 과감하게 일상성을 시에 끌어들임으로써 시의 영역을 확대하고 문학적 엄숙주의를 해체하는 역할을 했다. 정지용은 그 나름의 방식에 의해 시세계를 확장하고 인간 정신이 언어로 표현될 수 있는 가능성을 넓혀 보았다. 이것도 넓은 의미에서 인간 정신의 영역을 확대하는 일이었다.

정지용은 초기에는 고유어와 방언과 한자어와 외래어를 다채롭게 구사하여 시를 쓰다가 뒤로 갈수록 고어를 발굴하여 시어로 적극 활용하였다. 초기의 작품인 〈카페 프랑스〉에는 외래어와 한자어가 많이 쓰이고 있는 것을 볼 수 있다. 그러나 《백록담》의 2행 1연 시나 산문체 시 단계에 오면 외래어는 거의 없고 한자어도 특별한 경우가 아니면 거의 사용되지 않는다. 그리고 고어를 활용한 의고체의 시어가 아주 많이 등장한다. 이러한 시어의 변화는 시인의 의식의 변화를 그대로 반영한다. 이러한 차원에서 지용은 고유어의 선택 및 그 적용에 의해 한국시의 독특한 경지를 열어보였고 그런 작업을 통하여 시어를 확장하고 개척하는 문학사적 과업을 수행하였다.

문학사적 시각으로 본다면 정지용의 가톨릭 신앙시는 우리나라의 근대시 중 가톨릭 신앙을 담은 본격적인 시작업으로 최초의 자리에 놓인다. 정지용은 한국시의 취약한 부분인 추상적 관념적 내용을 시에 도입

하면서 그것을 가시적 소재로 구체화하여 추상의 그늘을 약화하는 시적 방법을 보여주었다. 이것은 그의 신앙시가 시로서 성공했느냐 아니냐 하는 문제를 떠나 한국시의 새로운 영역을 처음으로 시에 수용하였다는 점에서 문학사적 의의를 부여해야 한다.

정지용의 시는 생경한 관념의 표백이 아니라 정경의 함축을 통하여 자신이 추구하는 정신세계를 표현하였다는 점에서 한국시의 내면을 풍요롭게 했을 뿐 아니라 방법상의 새로움을 보여준 것이기도 하다. 일제강점기의 시 창작 공간에서 이러한 사유와 표현의 유려한 결합을 보여준 시인은 매우 드물다. 정지용의 시는 그러한 문학사적 위상에서 더욱 생생한 빛을 발한다.

1902년   (1세) 음력 5월 15일 충청북도 옥천군 하계리 40번지에서 부친 정태국
       鄭泰國(영일 정씨)과 모친 정미하鄭美河(하동 정씨) 사이의 장남으로 출생.

1910년   (9세) 4월 6일 4년제인 옥천공립보통학교(현재 죽향초등학교)에 입학.

1913년   (12세) 충북 영동군 심천면 초강리에 사는 은진恩津 송씨宋氏 명헌明憲의
       딸 송재숙宋在淑과 결혼함. 정지용과는 동갑임.

1914년   (13세) 3월 25일 옥천공립보통학교를 4회로 졸업.

1915년   (14세) 집을 떠나 처가의 친척인 서울 송지헌의 집에 기숙하며 여러 가
       지 일을 한 것으로 보임. 한문을 수학했다고 하나 확실치 않음.

1918년   (17세) 4월 2일 휘문고등보통학교 입학. 입학 3개월 후부터 교내 장학
       금을 받았으며 계속 우수한 성적을 유지함. 또한 이때부터 《요람》지를
       내는 데 참여하여 문학적 재능을 발휘하며 박팔양, 홍사용, 김영랑, 이
       선근, 이태준 등과 교류함.

1919년   (18세) 휘문고보 2학년 때 3·1운동이 일어나 수업을 받지 못함. 휘문고
       보의 학내문제로 무기정학을 받았으나 곧 복학됨. 이 해 12월 《서광曙
       光》 창간호에 단편소설 〈3인三人〉을 발표함.

1921년   (20세) 친구들과 등사판으로 《요람》이라는 잡지를 냄.

1922년   (21세) 3월에 휘문고보 4년제를 졸업하고 학제개편으로 5학년으로 진
       급함. 이때 마포 하류에서 작품 〈풍랑몽〉을 씀. 휘문고보 학예부의 문
       예부장직을 맡아 《휘문徽文》 창간호의 편집위원이 됨.

1923년   (22세) 3월에 휘문고보 5년제를 졸업. 《휘문》 창간호 출간. 이때 작품
       〈향수〉를 씀. 5월 3일 휘문고보의 교비유학생으로 일본 경도에 있는
       동지사대학 예과에 입학함.

1925년   (24세) 동지사 대학 학생들의 동인지 《가街》에 일본어 시 〈新羅の柘榴〉
       등 발표.

1926년   (25세) 3월 예과를 수료하고 4월 1일 영문학과에 입학함. 6월 경도 유학
       생 회지인 《학조》 창간호에 〈카페 프랑스〉〈슬픈 인상화〉〈파충류동물〉
       등의 시작품 발표. 일본 잡지 《근대풍경》에 일본어로 〈카페 프란스〉
       발표.

1927년   (26세) 〈슬픈 기차〉〈엽서에 쓴 글〉〈오월 소식〉〈발열〉〈태극선에 날리

는 꿈〉 등의 작품을 경도와 옥천을 오가며 써서 발표함.

1928년 (27세) 3월 22일 옥천군 자택에서 장남 구관求寬 출생.

1929년 (28세) 6월 30일 동지사대학 영문학과 졸업. 졸업논문은 'The Imagination in the Poetry of William Blake' 9월 모교인 휘문고등학교 영어교사로 부임. 서울 종로구 효자동으로 가족을 솔거하고 이사함. 이 해 12월 아이를 잃은 슬픔을 표현한 시 〈유리창〉을 씀.

1930년 (29세) 3월 김영랑의 권유로 시문학 동인으로 참가하여 《시문학》에 작품 발표함.

1931년 (30세) 12월 종로구 낙원동 22번지에서 삼남 구익求翼 출생.

1932년 (31세) 〈난초〉〈고향〉〈바람〉 등의 작품을 발표.

1933년 (32세) 6월 《가톨릭청년》지의 편집을 맡음. 이 잡지에 〈해협의 오전2시〉〈비로봉〉〈귀로〉 등의 작품을 발표. 7월 낙원동에서 사남 구인求寅 출생. 8월 구인회 회원으로 참여.

1934년 (33세) 계속해서 《가톨릭청년》지에 종교시 발표. 12월 종로구 재동 45의 4호에서 딸 구원求園 출생.

1935년 (34세) 10월 시문학사에서 첫 시집 《정지용시집》이 간행됨.

1936년 (35세) 3월 구인회 동인지 《시와 소설》 창간호에 〈유선애상流線哀傷〉 발표. 수필 〈향수어愁誰語〉 《조선일보》에 연재. 12월 종로구 재동에서 오남 구상求翔 출생.

1937년 (36세) 〈수수어愁誰語〉를 위시한 산문과 기행문을 많이 씀. 서대문구 북아현동 1의 64호로 이사함. 8월 오남 구상求翔 병사함.

1938년 (37세) 시와 평론, 산문 등을 활발하게 발표함. 시 〈슬픈 우상〉〈삽사리〉〈온정溫井〉〈비로봉〉〈구성동〉 등 발표.

1939년 (38세) 8월에 창간된 《문장》지의 시부문 심사위원이 됨. 5월 20일 북아현동 자택에서 부친 정태국 사망함. 〈장수산〉〈백록담〉〈춘설〉 등의 작품 발표함.

1941년 (40세) 1월 《문장》지에 정지용 신작 특집으로 〈조찬〉〈비〉〈도굴〉 등 10편의 작품을 한꺼번에 발표함. 4월 《문장》지가 총 25호로 종간됨. 9월 문장사에서 제2시집 《백록담》이 간행됨.

1942년 (41세) 〈창窓〉〈이토異土〉를 발표하고 이후 해방까지 문단 활동 중단함.

1943년 (42세) 폭격에 대비한 소개령으로 부천군 소사읍 소사리로 이사함.

1945년 (44세) 8·15 해방을 맞이함. 10월 휘문중학교 교사직을 사임하고 이화여자전문학교 교수로 부임하여 문과과장이 됨.

1946년   (45세) 성북구 돈암동 산11번지로 이사함. 2월 조선문학가동맹이 개최
         한 조선문학자대회에 아동문학 분과위원장으로 추대되었으나 이 대회
         에 하루도 참석하지 않음. 5월 건설출판사에서 《정지용시집》 재판이
         간행됨. 같은 달에 돈암동 자택에서 모친 정미하 사망함. 6월 을유문화
         사에서 박두진이 편집한 《지용시선》이 간행됨. 10월 가톨릭 계열의 경
         향신문사 주간으로 취임. 같은 달에 백양당에서 시집 《백록담》 재판이
         간행됨.
1947년   (46세) 8월 경향신문사 주간직을 사임함. 이후 서울대, 동국대 등에서
         시를 강의함.
1948년   (47세) 2월 이화여자대학교 교수직을 사임하고 녹번리(지금 서울시 은평
         구 녹번동)의 초당으로 옮겨 서예를 즐기며 소일함. 같은 달 박문출판사
         에서 지용의 산문을 묶은 《지용문학독본》이 간행됨.
1949년   (48세) 1월 동지사에서 지용의 산문을 묶은 《산문》이 간행됨.
1950년   (49세) 2월 《문예》지에 시 〈곡마단〉 발표. 3월 동명출판사에서 《백록
         담》의 3판이 간행됨. 6월 녹번리 초당에서 6·25를 맞음. 7월 평소 안면
         있는 젊은이들이 찾아와 함께 집을 나간 후 행방불명됨. 정치보위부에
         나가 자수 형식을 밟다가 납북된 것이 아닌가 추측됨. 이후 월북문인으
         로 규정되어 상당 기간 동안 그의 문학이 대중들에게 공개되지 못함.
1971년   3월 20일 부인 송재숙 서울 은평구 역촌동 자택에서 사망함.
1982년   6월 유족 대표 장남 정구관과 조경희, 백철, 김동리, 송지영, 모윤숙 등
         언로 문인들이 중심이 되어 정지용 문학의 복권을 위한 진정서를 관계
         기관에 제출함.
1988년   1월 몇 사람을 제외한 납·월북 작가의 작품이 해금됨. 이후 《정지용전
         집》이 간행되고 '지용회'가 결성되고 '지용문학상'이 제정됨.
1989년   5월 정지용의 고향인 충청북도 옥천에 지용의 시비가 세워짐. 이후 해
         마다 5월에 옥천에서 정지용 시인을 기리는 문학행사로서 '지용제'가
         열리고 있음.

1926년

〈카페 프랑스〉,《학조》창간호(6월).

〈슬픈 인상화〉,《학조》창간호(6월).

〈파충류동물〉,《학조》창간호(6월).

〈마음의 일기(시조9수)〉,《학조》창간호(6월).

〈별똥〉,《학조》창간호(6월).

〈서쪽하늘〉(〈지는 해〉),《학조》창간호(6월).

〈띠〉,《학조》창간호(6월).

〈감나무〉(〈홍시〉),《학조》창간호(6월).

〈하늘 혼자 보고〉(〈병〉),《학조》창간호(6월).

〈딸래(인형)와 아주머니〉,《학조》창간호(6월).

〈Dahlia〉,《신민》11월호(통권 19호).

〈홍춘〉,《신민》11월호(통권 19호).

〈산엣 색시 들녘 사내〉,《문예시대》11월호.

〈산에서 온 새〉,《어린이》11월호.

1927년

〈옛이야기 구절〉,《신민》1월호(통권 21호).

〈갑판 위〉,《문예시대》1월호(통권 2호).

〈이른 봄 아침〉,《신민》2월호(통권 22호).

〈바다〉,《조선지광》2월호.

〈호면〉,《조선지광》2월호.

〈새빨간 기관차〉,《조선지광》2월호.

〈내 맘에 맞는 이〉,《조선지광》2월호.

〈무어래요〉,《조선지광》2월호.

〈숨기내기〉,《조선지광》2월호.

〈비둘기〉,《조선지광》2월호.

〈향수〉,《조선지광》3월호.

〈바다〉,《조선지광》3월호.

〈석류〉,《조선지광》3월호.
〈벚나무 열매〉,《조선지광》5월호.
〈엽서에 쓴 글〉,《조선지광》5월호.
〈슬픈 기차〉,《조선지광》5월호.
〈할아버지〉,《신소년》5월호.
〈산 너머 저쪽〉,《신소년》5월호.
〈해바라기씨〉,《신소년》6월호.
〈오월 소식〉,《조선지광》6월호.
〈황마차〉,《조선지광》6월호.
〈선취〉,《학조》2호(6월).
〈압천〉,《학조》2호(6월).
〈발열〉,《조선지광》7월호.
〈말〉《조선지광》7월호.
〈풍랑몽〉《조선지광》7월호.
〈태극선에 날리는 꿈〉(〈태극선〉),《조선지광》8월호.
〈말〉,《조선지광》9월호.

1928년
〈우리나라 여인들은〉,《조선지광》5월호.
〈갈매기〉,《조선지광》9월호.

1929년
발표작 없음.

1930년
〈겨울〉,《조선지광》1월호.
〈유리창〉,《조선지광》1월호.
〈바다〉,《시문학》2호(5월).
〈피리〉,《시문학》2호(5월).
〈저녁햇살〉,《시문학》2호(5월).
〈호수〉,《시문학》2호(5월).
〈호수〉,《시문학》2호(5월).

〈아침〉,《조선지광》 8월호.
〈바다 1〉,《신소설》 5호(9월).
〈바다 2〉,《신소설》 5호(9월).
〈절정〉,《학생》 10월호.

1931년
〈유리창 2〉,《신생》 1월호.
〈무제〉,《시문학》 3호(10월).
〈바람은 부옵는데〉,《시문학》 3호(10월).
〈촉불과 손〉,《신여성》 11월호.
〈난초〉,《신생》 12월호.

1932년
〈밤〉,《신생》 1월호.
〈옵바가시고〉(〈무서운 시계〉),《문예월간》 2권1호(1월).
〈바람〉,《동방평론》 창간호(4월).
〈봄〉,《동방평론》 창간호(4월).
〈달〉,《신생》 6월호.
〈조약돌〉,《동방평론》 4호(7월).
〈기차〉,《동방평론》 4호(7월).
〈고향〉,《동방평론》 4호(7월).

1933년
〈해협의 오전 2시〉(〈해협〉),《가톨릭청년》 1호(6월).
〈비로봉〉,《가톨릭청년》 1호(6월).
〈임종〉,《가톨릭청년》 4호(9월).
〈별〉,《가톨릭청년》 4호(9월).
〈은혜〉,《가톨릭청년》 4호(9월).
〈갈릴레아 바다〉,《가톨릭청년》 4호(9월).
〈시계를 죽임〉,《가톨릭청년》 5호(10월).
〈귀로〉,《가톨릭청년》 5호(10월).

1934년

〈다른 하늘〉, 《가톨릭청년》 9호(2월).

〈또 하나 다른 태양〉, 《가톨릭청년》 9호(2월).

〈불사조〉, 《가톨릭청년》 10호(3월).

〈나무〉, 《가톨릭청년》 10호(3월).

〈승리자 김안드레아〉, 《가톨릭청년》 16호(9월).

1935년

〈홍역〉, 《가톨릭청년》 22호(3월).

〈비극〉, 《가톨릭청년》 22호(3월).

〈다시 해협〉, 《조선문단》 4권 2호(7월).

〈지도〉, 《조선문단》 4권 2호(7월).

〈바다〉, 《시원》 5호(12월).

발표지 미확인 작품

〈말2〉, 《정지용시집》(1935.10.27).

〈산소〉, 《정지용시집》(1935.10.27).

〈종달새〉, 《정지용시집》(1935.10.27).

〈바람〉, 《정지용시집》(1935.10.27).

1936년

〈유선애상〉, 《시와 소설》 창간호(3월)

〈명모〉(〈파라솔〉), 《중앙》 6월호

〈폭포〉, 《조광》 7월호

1937년

〈비로봉〉, 《조선일보》(37.6.9).

〈구성동〉, 《조선일보》(37.6.9).

〈수수어4〉(〈슬픈 우상〉), 《조선일보》(37.6.9).

〈옥류동〉, 《조광》 11월호.

1938년

〈삽사리〉, 《삼천리문학》 2집(4월).

〈온정〉,《삼천리문학》 2집(4월).
〈명수대 진달래〉(〈소곡〉),《여성》 27호(6월).

1939년
〈장수산〉,《문장》 1권 2호(3월).
〈장수산2〉,《문장》 1권 2호(3월).
〈춘설〉,《문장》 1권 3호(4월).
〈백록담〉,《문장》 1권 3호(4월).
〈어머니〉,《신우》(덕원신학교교지).

1940년
〈천주당〉,《태양》 1호(1월).

1941년
〈조찬〉,《문장》 3권1호(1월).
〈비〉,《문장》 3권1호(1월).
〈인동차〉,《문장》 3권1호(1월).
〈붉은 손〉,《문장》 3권1호(1월).
〈꽃과 벗〉,《문장》 3권1호(1월).
〈도굴〉,《문장》 3권1호(1월).
〈예장〉,《문장》 3권1호(1월).
〈나비〉,《문장》 3권1호(1월).
〈호랑나비〉,《문장》 3권1호(1월).
〈진달래〉,《문장》 3권1호(1월).

발표지 미확인 작품
〈선취〉,《백록담》(1941.9.15).
〈별〉,《백록담》(1941.9.15).
〈비〉,《백록담》(1941.9.15).
〈비둘기〉,《백록담》(1941.9.15).

1942년
〈창〉,《춘추》 1월호.

〈이토〉,《국민문학》2월호.

1945년
〈그대들 돌아오시니〉,《해방기념시집》(45.12.12).

1946년
〈애국의 노래〉.《대조》창간호(1월).

1950년
〈곡마단〉,《문예》2월호.
〈늙은 범〉,《문예》6월호.
〈네 몸에〉,《문예》6월호.
〈꽃분〉,《문예》6월호.
〈산 달〉,《문예》6월호.
〈나비〉,《문예》6월호.

모윤숙, 〈정지용 시집을 읽고〉, 《동아일보》, 1935. 12. 2.

이양하, 〈바라든 지용시집〉, 《조선일보》, 1935. 12. 7~11.

여　수, 〈정지용 시집에 대하여〉, 《조선중앙일보》, 1935. 12 .7

변영노, 〈정지용군의 시〉, 《신동아》, 1936. 1.

여　수, 〈지용과 임화 시〉, 《중앙》, 1936. 1.

김기림, 〈정지용 시집을 읽고〉, 《조광》, 1936. 1.

이고산, 〈정지용 시집에 대하여〉, 《조선중앙일보》, 1936. 3. 25.

신석정, 〈정지용론〉, 《풍림》, 1937. 4.

김환태, 〈정지용론〉, 《삼천리문학》, 1938. 4.

김동석, 〈시를 위한 시-정지용론〉, 《상아탑》, 1946. 3.

홍효민, 〈정지용론〉, 《문화창조》, 1947. 3 .

조연현, 〈수공업 예술의 말로-정지용 씨의 운명〉, 《평화일보》, 1947. 8. 20~21.

조연현, 〈산문 정신의 모독-정지용 씨의 산문 문학관에 대하여〉, 《예술조선》,
　　　　1948. 9.

유종호, 〈현대시의 50년〉, 《사상계》, 1962. 5.

송　욱, 〈한국 모더니즘 비판-정지용 즉 모더니즘의 자기 부정〉, 《사상계》,
　　　　1962. 12.

유치환, 〈예지를 잃은 슬픔〉, 《현대문학》, 1963. 9.

김우창, 〈한국시와 형이상〉, 《세대》, 1968. 7.

김용직, 〈시문학파 연구〉, 서강대 《인문과학논총》 2집, 1969. 11.

김윤식, 〈가톨릭 시의 행방〉, 《현대시학》, 1970. 3.

오탁번, 〈지용시 연구〉, 고려대 석사학위논문, 1970. 11.

박철희, 〈현대한국시와 그 서구적 잔상(상)〉, 예술원 《예술논문집》 9, 1970.

양왕용, 〈1930년대의 한국시 연구-정지용의 경우〉, 《어문학》 26집, 1972. 3.

김윤식, 〈풍경의 서정화〉, 《한국근대문학사상비판》, 일지사, 1974.

유병석, 〈절창에 가까운 시인들의 집단〉, 《문학사상》, 1975. 1.

김종철. 〈30년대의 시인들〉, 《문학과지성》, 1975. 봄호.

신동욱, 〈고향에 관한 시인의식 시고〉, 고려대 《어문논집》 19·20, 1977.

오세영, 〈한국문학에 나타난 바다〉, 《현대문학》, 1977. 7.

이진홍, 〈정지용의 작품 '유리창'을 통한 시의 존재론적 해명〉, 경북대 석사학
        위논문, 1978.
마광수, 〈정지용의 모더니즘시〉, 《홍대논총》 11, 1979.
이숭원, 〈정지용 시 연구〉, 서울대 석사학위논문, 1980. 2.
신용협, 〈정지용론〉, 《한국언어문학》 제19집, 1980.
김시태, 〈영상미학의 탐구─정지용론〉, 《현대문학》, 1980. 6.
문덕수, 〈한국 모더니즘 시 연구〉, 고려대 박사학위논문, 1981.
민병기, 〈정지용론〉, 고려대 석사학위논문, 1981.
유태수, 〈정지용 산문론〉, 《관악어문연구》 6집, 1981. 12.
鴻農暎二, 〈정지용의 생애와 문학〉, 《현대문학》, 1982. 7.
은희경, 〈정지용론〉, 연세대 석사학위논문, 1982. 12.
구연식, 〈신감각파와 정지용시 연구〉, 동아대 《동아논총》 19, 1982. 12.
정의홍, 〈정지용시의 문학적 특성 연구〉, 동국대 석사학위논문, 1982.
오탁번, 〈한국현대시사의 대위적 구조〉, 고려대 박사학위논문, 1983.
이기서, 〈1930년대 한국시의 의식구조 연구〉, 고려대 박사학위논문, 1983.
김명인, 〈정지용의 '곡마단' 고〉, 《경기어문학》 4집, 1983. 12.
이숭원, 〈《백록담》에 담긴 지용의 미학〉, 《어문연구》 12집, 1983. 12.
마광수, 〈정지용의 시 '온정溫情'과 '삽사리'에 대하여〉, 연세대 《인문과학》 51
        집, 1984.
송현호, 〈모더니즘의 문학사적 위치에 대한 고찰〉, 《국어국문학》 제90호, 1984.
김윤식, 〈카톨리시즘과 미의식〉, 《한국근대문학사상사》, 한길사, 1984.
원명수, 〈한국 모더니즘시에 나타난 소외의식과 불안의식 연구〉, 중앙대 박사
        학위논문, 1984.11.
김준오, 〈사물시의 화자와 신앙적 자아〉, 《가면의 해석학》, 이우출판사, 1985.
노혜경, 〈정지용의 세계관 연구〉, 부산대 석사학위논문, 1985.
정의홍, 〈정지용시 연구에 대한 재평가〉, 《대전대학논문집》 4, 1985.
김명인, 〈1930년대 한국시의 구조연구〉, 고려대 박사학위논문, 1985.7.
최동호, 〈정지용의 산수시와 은일의 정신〉, 《민족문화연구》 19집, 1986. 1.
노병곤, 〈'백록담'에 나타난 지용의 현실인식〉, 《한국문학논집》 9집, 1986. 2.
백운복, 〈정지용의 '바다' 시 연구〉, 《서강어문》 5집, 1986.12.
이기서, 〈정지용시 연구─언어와 수사를 중심으로〉, 고려대 《문리대논집》 4집,
        1986. 12.
김학동, 《정지용연구》, 민음사, 1987.

민병기, 〈30년대 모더니즘시의 심상체계연구〉, 고려대학교 박사학위논문, 1987.

노병곤, 〈'장수산'의 기법 연구〉, 한양대 《한국학논집》 11집, 1987. 2.

양왕용, 〈정지용시의 의미구조〉, 《홍익어문》 7, 1987. 6.

김성옥, 〈정지용시 연구〉, 숙명여대 석사학위논문, 1987. 8.

황종연, 〈정지용의 산문과 전통에의 지향〉, 동국대 《한국문학연구》 10집, 1987. 9.

양왕용, 〈정지용시 연구〉, 경북대 박사학위논문, 1987. 12.

정의홍, 〈정지용 시 평가의 문제점〉, 《시문학》 197~198호, 1987. 12~1988. 1.

김학동 외, 《정지용연구》, 새문사, 1988.

박인기, 《한국현대시의 모더니즘 연구》, 단국대출판부, 1988.

김대행, 〈정지용 시의 율격〉, 《정지용연구》, 새문사, 1988.

이승훈, 〈람프의 시학〉, 《정지용 연구》, 새문사, 1988.

김재홍, 〈갈등의 시인 방황의 시인―정지용의 시세계〉, 《문학사상》, 1988. 1.

한영실, 〈정지용 시 연구―시집 백록담을 중심으로〉, 연세대 석사학위논문, 1988. 2.

이어령, 〈창의 공간기호론―정지용의 '유리창'을 중심으로〉, 《문학사상》, 1988. 4~5.

이숭원, 〈정지용시의 환상과 동경〉, 《문학과 비평》 6호, 1988. 5.

최두석, 〈정지용의 시세계―유리창 이미지를 중심으로〉, 《창작과비평》, 1988. 여름호.

鴻農暎二, 〈정지용과 일본시단―일본에서 발굴한 시와 수필〉, 《현대문학》, 1988. 9.

구연식, 〈정지용시의 현대시에 미친 영향〉, 《국어국문학》 100호, 1988. 12.

노병곤, 〈지용의 생애와 문학관〉, 《한양어문연구》 6집, 1988. 12.

장도준, 〈새로운 언어와 공간―정지용의 1925-30년 무렵 시의 연구〉, 《연세어문학》, 1988. 12.

김용직, 〈정지용론―순수와 기법, 詩 일체주의〉, 《현대문학》, 1989.1~2.

장도준, 〈정지용 시 연구〉, 연세대 박사학위 논문, 1989.

김기현, 〈정지용시 연구―그의 생애와 종교 및 종교시를 중심으로〉, 《성신어문학》 2호, 1989. 2.

정끝별, 〈정지용 시의 상상력 연구〉, 이화여대 석사학위논문, 1989. 2.

정상균, 〈정지용 시 연구〉, 《천봉이능우박사 칠순기념논총》, 1990. 2.

원구식, 〈정지용론〉, 《현대시》, 1990.3.

이숭원, 〈정지용 시에 나타난 고독과 죽음〉, 《현대시》, 1990. 3.

김 훈, 〈정지용 시의 분석적 연구〉, 서울대 박사학위논문, 1990. 8.

정구향, 〈정지용의 초기시에 나타난 '고향'의 의미 연구〉, 건국대대학원 《논문집》 30집, 1990. 8.

원명수, 〈정지용시에 나타난 소외의식〉, 《돌곶 김상선교수회갑기념논총》 1990. 11.

이승훈, 〈정지용의 시론〉, 《현대시》, 1990. 11.

김창완, 〈정지용의 시세계와 변모양상〉, 《한남어문학》 16집, 1990. 12.

원명수, 〈정지용 카톨릭 시에 나타난 기독교사상고〉, 《한국학논집》 17집, 1990. 12.

노병곤, 〈정지용 시 연구〉, 한양대 박사학위 논문, 1991.

양왕용, 〈정지용의 문학적 생애와 그 비극성〉, 《한국시문학》 5집, 1991. 2.

熊本勉, 〈정지용과 〈근대풍경〉〉, 《숭실어문》 9, 1991. 5.

송기한, 〈정지용론〉, 《시와시학》, 1991. 여름호.

정의홍, 〈정지용 시의 연구〉, 동국대 박사학위논문, 1992.

김용직, 〈주지와 순수〉, 《시와시학》, 1992 여름호.

권정우, 〈정지용시 연구〉, 서울대 석사학위논문, 1993.

정효구, 〈정지용 시의 이미지즘과 그 한계〉, 《모더니즘 연구》, 자유세계, 1993.

문혜원, 〈정지용 시에 나타난 모더니즘 특질에 관한 연구〉, 《관악어문연구》 18, 1993. 12.

장도준, 《정지용 시 연구》, 태학사, 1994.

권오만, 〈정지용 시의 은유 검토〉, 《시와시학》, 1994. 여름호.

이기형, 〈1930년대 한국 모더니즘시 연구—정지용시를 중심으로〉, 인하대 박사학위논문, 1994.

이승복, 〈정지용 시의 운율체계 연구〉, 홍익대 박사학위논문, 1994.

김용희, 〈정지용 시의 어법과 이미지의 구조 연구〉, 이화여대 박사학위논문, 1994.

진수미, 〈정지용 시의 은유 연구〉, 서울시립대 석사학위논문, 1994. 12.

이미순, 〈정지용 시의 수사학적 일 고찰〉, 《한국의 현대문학》 3, 모음사, 1994.

최승호, 《한국 현대시와 동양적 생명사상》, 다운샘, 1995.

이어령, 《시詩 다시 읽기》, 문학사상사, 1995.

송기섭, 〈정지용의 산문 연구〉, 《국어국문학》 115, 1995. 12.

윤여탁, 〈시 교육에서 언어의 문제—정지용을 중심으로〉, 《국어교육》 90, 1995. 12.

최승호, 〈정지용 자연시의 情·景에 대한 고찰〉, 《한국의 현대문학》 4, 모음사, 1995.

이숭원, 《정지용》, 문학세계사, 1996.

민병기, 《정지용》, 건국대학교 출판부, 1996.

정정덕, 〈'정지용의 졸업논문' 번역〉, 《우리문학과 언어의 재조명》, 한양대 국문학과, 1996. 7.

호테이 토시히로, 〈정지용과 동인지 〈街〉에 대하여〉, 《관악어문연구》 21, 1996. 12.

이종대, 〈정지용 시의 세계인식〉, 동국대 《한국문학연구》 19, 1997. 3.

최동호, 《하나의 도道에 이르는 시학詩學》, 고려대학교 출판부, 1997.

三枝壽勝, 〈정지용의 시 '향수'에 나타난 낱말에 대한 고찰〉, 《시와시학》, 1997. 여름호.

손종호, 〈정지용 시의 기호체계와 카톨리시즘〉, 《어문연구》 29, 1997. 12.

신범순, 〈정지용 시에서 병적인 헤매임과 그 극복의 문제〉, 《한국 현대시의 퇴폐와 작은 주체》, 신구문화사, 1998.

이숭원, 〈정지용의 초기시편에 대한 고찰〉, 《국어교육》 97, 1998. 6.

최승호, 〈정지용 자연시의 은유적 상상력〉, 《한국시학연구》 1, 1998. 11.

이희환, 〈젊은 날 정지용의 종교적 발자취〉, 《문학사상》, 1998. 12.

한영옥, 〈정지용의 시, 산정으로 오른 정신〉, 《한국현대시의 의식탐구》, 새미, 1999.

진순애, 《한국 현대시와 모더니티》, 태학사, 1999.

황현산, 〈정지용의 '향수'에 붙이는 사족〉, 《현대시학》, 1999. 11.

황현산, 〈정지용의 '누뤼'와 '연미복의 신사'〉, 《현대시학》, 2000. 4.

김신정, 《정지용 문학의 현대성》, 소명출판, 2000.

이창민, 《양식과 심상:김춘수와 정지용 시의 동적 세계》, 2000, 월인.

김신정 편, 《정지용의 문학세계 연구》, 깊은샘, 2001.

김종태, 《정지용 시의 공간과 죽음》, 월인, 2002.

김종태 편, 《정지용 이해》, 태학사, 2002.

사다나 히로코, 《최초의 모더니스트 정지용》, 역락, 2002.

민병기, 〈지용 시의 변형 시어와 묘사〉, 《한국시학연구》 6, 2002. 5.

최동호, 〈정지용의 '금강산' 시편에 대하여〉, 《동서문학》, 2002. 겨울호.

이숭원 주해, 《원본 정지용 시집》, 깊은샘, 2003.

권정우, 《정지용의 '정지용 시집'을 읽는다》, 열림원, 2003.

박민영,《현대시의 상상력과 동일성》, 태학사, 2003.
최동호 외,《다시 읽는 정지용 시》, 월인, 2003.
최동호,《정지용 사전》, 고려대학교 출판부, 2003.
손병희, 〈정지용 시의 형태와 의식 연구〉, 경북대 박사학위논문, 2003.
이태희, 〈정지용 시의 창작방법 연구〉, 경희대 박사학위논문, 2003.
권영민,《정지용 시 126편 다시 읽기》, 민음사, 2004.
김용희,《정지용 시의 미학성》, 소명출판, 2004.
박종석,《비평과 삶의 감각》, 역락, 2004.

＊ 책임편집

이숭원

1955년 서울 출생. 서울대학교 국어교육과, 대학원 국어국문학과 졸업.
문학박사. 문학평론가. 서울여자대학교 국어국문학과 교수 역임.
시와시학상, 김달진문학상, 편운문학상 수상.
저서로는 《폐허 속의 축복》, 《원본 정지용 시집》, 《초록의 시학을 위하여》,
《정지용 시의 심층적 탐구》, 《서정시의 힘과 아름다움》, 《한국 현대시 감상론》
등이 있음.

정지용 작품집

발행일 | 2022년 6월 10일 초판 1쇄 발행
2024년 1월 10일 초판 2쇄 발행

지은이 | 정지용　　　　　　　　**책임편집** | 이숭원
펴낸이 | 윤재민　　　　　　　　**펴낸곳** | 종합출판 범우(주)
편집기획 | 임헌영 · 오창은　　　**인쇄처** | 태원인쇄

등록번호 | 제406-2004-000012호 (2004년 1월 6일)
(10881) 경기도 파주시 광인사길 9-13 (문발동)
대표전화 | 031-955-6900　　　　**팩 스** | 031-955-6905
홈페이지 | www.bumwoosa.co.kr　　**이메일** | bumwoosa1966@naver.com

ISBN 978-89-6365-427-0 03810

＊ 책값은 뒤표지에 있습니다.
＊ 잘못된 책은 바꾸어드립니다.